勸善金科

〔清〕張照等 編

乾隆内府刊本

勸善金科第九本卷上

賞奇勳金階御甲　古風韻

第一齣

佛門上換建章門匾場上設望春樓科小生扮李皐戴套翅紗帽穿蟒束玉帶執笏末扮李泌戴幞頭穿蟒束玉帶執笏外扮曹獻忠雜扮韓旻張延賞楊成各戴紗帽穿蟒束玉帶執笏從上場門上仝唱

仙呂調雙曲　點絳唇

御柳烟濃。韻宮花露重。韻千官擁。韻聽長樂晨鐘。韻早又見朝旭光浮動。韻分白九霄雙闕迥參差金御爐前喚仗時共沐恩波鳳池上天顏有喜近臣知某曹王李皐是也下官同平章事李泌是也下官兵部尚書曹獻忠是也下官光祿寺卿韓旻是也下官左僕射張延賞是也下官諫議大夫楊成是也李皐白今日李令公班師入覲奉聖旨代皇上解甲皇帝御望春樓待他朝見衆官白這段榮耀也算作千古無二也道言未了李令公與隨征衆將來也雜扮四軍士各戴將巾穿蟒箭袖排穗執標鎗引生扮李晟戴帥盔紮靠

紮令旗佩劍末扮渾瑊雜扮韓遊環范克孝戴休顏駱
元光各戴帥盔紮靠從上場門上仝唱
又一體
文德欣崇。韻武功還重。韻無偏用。韻同効愚忠。
韻輔佐得皇圖永。韻分白下官李晟是也、下官渾瑊是
也、下官韓遊環是也、下官范克孝是也、下官戴休顏是
也、下官駱元光是也、李晟白列位將軍可暫退午門外
候旨、待我進朝見駕、奏明列位行間奮勇、同建功勳、必
有恩旨加封、再行朝見便了、衆將白大將軍尊見甚善、

我等暫退午門之外候待旨意便了太平原是將軍定
今日將軍定太平、衆將仍仝從上場門下內奏樂科雜
扮四宮官各戴宮官帽穿圓領繫絲縧執符節雜扮二
內侍各戴內侍帽穿貼裏衣繫絲縧持拂塵老旦扮內
官戴嵌龍太監帽穿貼裏衣繫絲縧帶數珠持拂塵仝
從建章門上作設朝科李晟作朝見科白　臣李晟見駕
願吾皇萬歲萬歲萬萬歲、內官白　先生久勞王事、戎馬
辛勤、朕夢寐之間時常思念今奏凱還朝可將行間景

況就在樓前手舞足蹈、一一奏朕知之、李晟白 臣雖蒙
聖恩如此、只是倨侮君前、有乖臣體、內官白 朕之命卿、
與卿何罪、李晟白 萬歲想微臣呵、唱

南呂調套曲 梁州第七 總仗着
聖天子多般廟略。句那裏是
大將軍八面威風。韻臣臣臣叨居專閫要身先衆。韻迎
頭去披堅執銳。句迎頭去對壘衝鋒。韻白 那些將士呵、
唱 兵書曾習。句戰策曾攻。韻也能挽千鈞強弩。句也能
開百石雕弓。韻平日裏訓練着擊刺超騰。句自然的知

方有勇。韻正好去禦敵從戎。韻一箇箇心雄。韻氣猛。韻鎮邊疆那怕他干戈動。韻臨陣曾無恐。韻也全在夙具區區一點忠。韻今日纔得奏膚功。韻內官白以身先之政令自行況且訓練於平素宜乎致用於一時此實為將之道先生可將上蔡城邊十面精兵破賊這一段功勞細說一番與眾官聽者。李晟白那奸賊呵。唱

南呂調牧羊關　套曲

與鄰境相連結。句抗王師把眾擁。韻做了箇閉函關萬騎難攻。韻臣可也鼓眾心把將卒精挑。

句臣可也　奮神威把貔貅親統。韻殺得他沙蟲立化如周穆。句殺得他草木皆兵類八公。韻衆官白好一場大功勞也、李晟唱　再休得齊稱頌。韻何敢望百戰勳名勒鼎鐘。韻內官白　這一場首功、全虧了先生也、再將那東渭橋連營接戰、縛醜獻俘、這許多奇勳、再講一番、李晟白　那朱泚呵、唱　趁着那兵變都城倉卒中。韻問周鼎成

南呂調　四塊玉　套曲

何用。韻暫教那宸輿西走痛塵蒙。韻止不過潢池小寇

把兵戈弄。韻還仗着　聖人威立戰功。韻　來何速千騎星飛送。韻平禍亂　血流杵渭水紅。韻内官向下捧聖旨隨上白旨意下、聖旨已到、皇帝詔曰、朕賴上天福庇、列祖餘輝、得衆文武之勛勷、藉李元帥之威武、方得逆賊纖芥不留、復覩盛唐景象、今日李晟與衆將奏凱歸朝、李晟拜爲中書令之職、進封西平王、渾瑊等五員大將皆封列侯、特命曹王代朕解甲、以懋奇勳、李皐作欲與李晟解甲科李晟作遜科唱

南呂調套曲
烏夜啼臣怎敢濫膺着聖皇聖皇恩寵。韻臣怎敢勞動着帝子尊崇。韻衆官作跪科白皇上隆恩命親王解甲李晟又不敢當伏乞聖慈俯准臣等代卸甲胄罷。內官白衆卿雖代朕勞朕心終於未洽旣是李先生力辭姑准衆卿之請替曹王行了罷。衆官起作欲與李晟解甲科李晟作遜科唱可知是三公論道多尊重。韻百僚供職皆欽竦。韻這不是榮及元戎。韻反累元戎。韻却教臣置身無地可能容。韻白從來大將功成書生執

筆而議其後若今日恩禮過隆元老解甲呵唱怎免得
書生議論把毛錐弄。韻內官白既然先生力爲謙遜可
出朝房就着內侍代卸甲冑仍宣渾瑊等五員大將更
了衣冠一同朝見李晟謝恩科二內侍引李晟仍從上
場門下一內侍隨引渾瑊韓遊環范克孝戴休顏駱元
光各戴金貂穿蟒束玉帶執笏仝從上場門上衆將作
謝恩科分白臣渾瑊韓遊環范克孝戴休顏駱元光仝
白朝見願吾皇萬歲萬歲萬萬歲唱寶祚安金甌鞏。韻

看萬邦陳玉帛來朝貢。韻並未有三刀功業。句愧膺着
百世恩榮。韻 一內侍引李晟戴王帽穿蟒束玉帶執笏
仍從上場門上作謝恩科內官白 萬歲有旨、衆官仝跪
科內官白 賜爾百官在禮部同赴太平筵宴、衆官作謝
恩科內官宮官內侍仍仝從建章門下隨撤望春樓科
衆官遶場作到科場上設筵席桌椅雜扮四排宴官各
戴紗帽穿圓領束金帶仝從上場門上白 筵宴已備、請
衆位大老爺上席、衆官各坐科雜扮樂官戴紗帽穿圓

領東金帶從上場門上作跪科白百戰身經鐵甲穿、皇唐再造靖烽烟、今朝四海方寧貼、解換征袍醉綺筵、隨向下引雜扮四回回各戴獅象盔紮狐尾簪雉尾穿回回衣從上場門上跳舞科仝唱

南呂宮正曲 賀新郎

治定功成。韻論勳華百王難並。韻一戎衣乾坤重整。韻從今後讀一統皇唐永太平。韻遍閭閻黔黎歡慶。韻合綵仗列讀香盤頂。韻向康衢叩賀垂裳聖。韻千萬載讀烽烟靖。韻仝從下場門下内奏樂科衆

官出筵作謝恩科隨撤桌椅科衆全唱

煞尾 恩叨湛露濃。韻 曲奏彤弓詠。韻 酒筵前笑談和藹。句 氣象雍容。韻 感君恩恁隆。韻 矢臣心盡忠。韻 願萬萬載讀 長向金堦拜袞龍。韻 全從下場門下

勸善金科第九本卷上

第二齣 成善果玉闕開筵 古風韻

雜扮八皂隸鬼各戴皂隸帽穿窄袖繫皂隸帶雜扮金童戴紮金冠穿氅繫絲縧執旛雜扮玉女戴過梁額仙姑巾穿氅繫絲縧執旛引淨扮關主戴紮紅紗帽穿蟒束玉帶從右旁門上唱

中呂宮正曲 縷縷金

仙樂奏。句 滿空聞。韻 天路多平坦。句 擁香雲。韻 電轂馳來疾。句 曉霞紅襯。韻 要知天佑善良人。

韻合從今益當信。韻從今益當信。疊白我乃鬼門關
主是也、奉閻君之命、今有忠臣孝子節婦、上昇天堂、僧
道尼師、托生人間、富貴榮華、鬼使須索祇候者、衆皂隸
鬼應科雜扮二金童戴紫金冠穿氅繫絲縧執旛雜扮
二玉女戴過梁額仙姑巾穿氅繫絲縧執旛引六善人
末扮段秀實戴紗帽穿圓領束金帶小生扮鄭虔夫戴
巾穿氅旦扮陳桂英穿氅淨扮僧明本戴僧帽穿僧衣
披袈裟帶數珠生扮道貞源戴道巾穿水田道袍繫絲

縧帶數珠老旦扮尼貞靜戴僧帽穿老旦衣繫縧縧帶

數珠各執符節從右旁門上仝唱

又一體

籠佳氣。句 映祥雲。韻 鉢衣香染處。句 散氤氳。韻

寶蓋珠幢導。句 天風一陣。韻 今朝平步上青雯。韻合 天

都想來近。韻 天都想來近。疊作相見科白 關主拜揖 關

主白

列位吾奉第一殿閻君之命忠臣段司農孝子鄭

賡夫節婦陳氏上昇天堂逍遙快樂僧道尼師托生人

間王侯爵位貴顯夫人享用富貴榮華 六善人白 此乃

上賴閻君洪恩、下托尊神福庇也、關主白好說看酒過來、衆皁隸鬼各接符節科場上設席各坐科皁隸鬼分送酒科關主唱

南呂宮正曲 節節高 瑤池九品蓮。韻爲羣仙。韻昨宵一夜都開遍。韻天風扇。韻異香傳。讀迎仙眷。韻奇枝嫩蕚鋪芳甸。韻前遮後擁皆歡忭。韻衆全唱合分明有箇路朝天。韻人生要好須行善。韻六善人唱

又一體 微生幸有緣。韻到關前。韻一時皆得叨天眷。韻

好一似日光昡。韻月光妍讀星光現。韻天堂此去知非遠。韻前途便是長生殿。韻衆全唱合分明有箇路朝天。韻人生要好須行善。韻各起隨撤桌椅科衆皂隸鬼引閼主從左旁門下六善人唱

慶餘 旌揚節義忠和善。韻榮耀人天均羨。韻喜孜孜共對光風霽月天。韻一金童一玉女引段秀實鄭賡夫陳桂英從昇天門下一金童一玉女引明本貞源貞靜從右旁門下

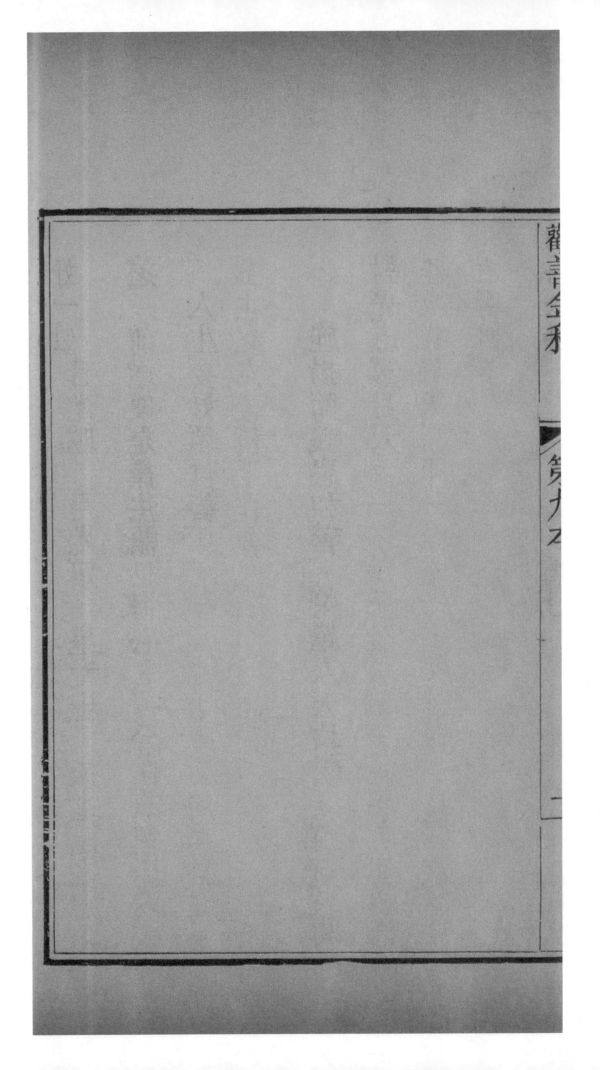

第三齣　定律法諸犯悔心　尤侯韻

酆都門上換油鍋地獄匾雜扮牛頭馬面各戴套頭穿門神鎧持叉雜扮八扛刑具鬼各戴鬼髮穿箭袖繫肚囊雜扮八鬼卒各戴鬼髮穿蟒箭袖虎皮卒褂持器械雜扮八動刑鬼各戴竪髮額穿劉唐衣繫肚囊雜扮八侍從鬼各穿戴油鍋地獄鬼衣雜扮二判官各戴判官帽穿圓領束角帶持筆簿雜扮金童戴紫金冠穿氅繫

絲絲執旛雜扮玉女戴過梁額仙姑巾穿氅繫絲絲執旛引淨扮第五殿閻君戴閻君套頭穿閻君衣襲氅軟紮扮從酆都門上唱

仙呂入雙角合曲　北新水令

歎人間萬遍轉恩讐。韻卷風烟不堪回首。韻刀尖嘗舐蜜。句枕上忽持矛。韻着甚來由。韻却敎俺從頭剖。韻塲上設平臺虎皮椅轉塲陞座衆鬼判各分侍科八扛刑具鬼分下扛火柱油鍋火箱隨上分設塲上科閻君白　塡不滿兮火坑、難償完兮寃債、安得三輪盡空化作蓮花世界、吾乃五殿閻羅是也、所爲這些衆生造業、每日勘問公案、判斷罪獄、不得安閒、今有許多罪囚、不免查究一番、鬼卒帶這些聽審的鬼犯上來、

二判官分白 一名謀逆叛犯姚令言、大逆不道、背叛朝廷、塗毒生民、無所不至、已蒙帝君問定火柱之罪、一名附逆叛犯源休、枉讀詩書、不知順逆、辜負國恩、僞受朱泚官職、搆成大禍、殘害生民、已蒙帝君問定油鍋之罪、只待治罪施行、

閻君白 快將這兩箇奸囚帶過來、

衆鬼卒向下帶丑扮姚令言魂末扮源休魂各戴氊帽穿破喜鵲衣繫腰裙從酆都門上作進門跪科鬼卒白姚令言源休帶到、閻君白你這兩箇奸狡叛逆的宄頑、在生前大逆不道殘害生民叛國負恩種種不法罪難輕恕、你還有何講、姚令言魂源休魂白大王聽稟、唱

仙呂入雙角合曲　南步步嬌

爲有龍泉腰間吼。韻按捺誰能彀。韻區區萬戶侯。韻自古英雄。句爲王爲寇。韻合敗了索然休。韻姓名兒靑史拚遺臭。韻閻君白你這兩箇奸賊、

造下這樣彌天大罪還要嘴强唱

仙呂入雙角合曲 北折桂令則爲恁久蓄邪謀韻 疆場蹂躪句

虐甚蚩尤韻痛煞人將喪兵亡句 君狩民殲句 鬼哭神愁韻把一箇錦簇簇春風鳳樓韻 却做了慘悽悽落日皇州韻姚令言魂源休魂白 爺爺這些罪案樁樁是實件件無虛只求開恩饒恕罷閻君白 俺怎生饒恕得你這兩箇奸賊衆鬼卒快將姚令言速上火柱將源休快下油鍋衆鬼卒應科閻君唱 謾自哀求韻 斷不停留韻

儘敎你跋扈飛揚。句怎熬得鐵柱鍋油。韻八動刑鬼應科作捉姚令言魂上火柱科復作捉源休魂下油鍋科八扛刑具鬼隨撤火柱油鍋分下一鬼卒帶丑扮僧本無魂戴僧帽穿喜鵲衣繫腰裙小旦扮尼靜虛魂戴尼姑巾穿舊衫繫腰裙從右旁門上作進門跪科鬼卒白不守戒律惡僧本無、貪淫歪尼靜虛當面、閻君白你這兩箇惡僧歪尼、你們既是出家就該遵守戒律、如何反去造罪邪淫、是何道理、本無魂白大王爺爺、我是極守戒律的、都是被他引誘我、所以造此罪孽、靜虛魂白 爺爺不要聽他、都是這惡僧將我誆騙、弄假成眞、造成罪業、閻君白 到此地還要抵賴、你二人從實訴上來、本無魂靜虛魂白 爺爺、待我們將實情訴上、只求寬恕我兩人呵、唱

仙呂入雙角合曲 也是 夙世寃和孽。句 今生怎罷休。韻只爲 晨鐘暮鼓空僝僽。韻因此 朝雲暮雨權消受。韻只道 風流罪過尋常有。韻 一例雄雌配偶。韻合難道何

粉韓香句都要去披枷帶杻韻閻君白可憐、唱

仙呂入雙角合曲 北鴈兒落帶得勝令 鴈兒落全 愆喫的是一盂兒

飯不憂韻穿的是百衲兒衣無垢韻爲甚的把金經一

筆勾韻却不肯將梵行終身守韻得勝令全 呀格愆生來

心性忒風流韻中路裏破清修韻可只爲酸虀菜難沾

口韻則待要妙蓮花開並頭韻哀求韻你望俺特地相

寬宥韻休休韻怎饒你熱烊銅灌下喉韻白衆鬼卒可

將鎔銅灌這兩箇惡犯、八動刑鬼應科作捉本無魂靜虛魂灌鎔銅科閻君白　將這兩箇罪囚、打入寒冰地獄去、一鬼卒應科帶本無魂靜虛魂作出門科從左旁門下一判官白　一起劉廣淵告兄弟劉賈逞兇謀算霸占家產。閻君白　帶過來。一鬼卒應科帶外扮劉廣淵魂戴巾穿道袍副扮劉賈魂戴巾穿道袍繫腰裙從右旁門上作進門跪科鬼卒白　劉廣淵劉賈帶到。閻君白　劉廣淵、你告劉賈逞兇霸占家產、容你實實的訴上來。劉廣淵魂白　爺爺、廣淵掙下田園家產、並無子嗣、止生一女、

到那病危之日、把家產託付兄弟劉賈照管撫養幼女、誰想自我亡後、將家產盡行霸占、反將我女趕出、唱

仙呂入雙角合曲　南僥僥令　恁欺孤能毒手。韻占產逞奸謀。韻痛弱女零丁誰攙救。韻合趕逐得影煢煢沒處投。韻閒

君唱

仙呂入雙角合曲　北收江南　呀。格聽情緣哀鳴伸訴句呵。格恃強霸用陰謀。韻把一番委託付東流。韻却又將人趕出不容留。韻白判官、據劉廣淵所訴口詞、將簿書細細查

來、一判官作查簿科閻君唱　看情詞確否。韻　辨其中事由。韻　陽間有者陰間有。韻判官白　稟上閻君、劉廣淵所訴不差、劉賈果係無賴、霸占劉廣淵家產、驅逐他女兒是實、閻君白　可將劉廣淵授爲冥府都吏、劉廣淵魂作拜謝科一鬼卒帶劉廣淵魂作出門科仍從右旁門下

閻君白　劉賈、你還有何言可辯、劉賈魂白　爺爺、我也無可强辯了、唱

仙呂入雙角合曲　南園林好　向秦臺供招罪由。韻　待文吾難容

利戶。韻　這惡款樁樁都有。韻合　望寬恕免追求。韻　望寬
恕免追求。疊　閻君白　鬼卒、將劉賈把鎔銅熱鐵灌喉、打
入寒冰地獄、八動刑鬼應科作捉劉賈魂灌鎔銅科一
鬼卒作帶出門科從左旁門下雜扮五長解鬼各戴鬼
髮額穿蟒箭袖虎皮卒褂繫虎皮裙持器械帶旦扮劉
氏魂穿破補彩繫腰裙從右旁門上作到科長解都鬼
白門上那位在、一鬼卒作出門問科長解都鬼白　犯婦
劉氏解到了、鬼卒虛白作進門稟科閻君白　帶進來、鬼

卒作出門引五長解鬼帶劉氏魂作進門跪科長解都鬼跪呈公文科閻君作看公文科白 劉氏、你背誓開葷、殺生害命、毀壞圖像、狗肉齋僧、罪惡多端、該受重重地獄之苦。長解的、快將劉氏送往前殿受罪。 一判官付公文科長解都鬼接公文帶劉氏魂作出門科從左旁門下雜扮衆男女殺傷鬼各戴破氊帽穿破衣衫繫腰裙扯丑扮周曾魂小生扮李克誠魂各散髮穿喜鵲衣繫腰裙從右旁門上作進門跪科衆男魂白 我們都是好百姓被周曾李克誠造反大肆殺戮遭他毒手衆女魂白我們是强姦不從被他殺害的周曾魂李克誠魂白爺爺這是我手下兵丁所做的事與我們無干的衆男女魂白是你爲頭差他們搶擄以致遭殘受戮閻君唱

仙呂入雙角合曲

北沽美酒帶太平令沽美酒全

衆寃魂訴不休韻衆寃魂訴不休疊痛切切慘啾啾韻恨只恨毒害生靈脰滿溝韻殺到野墟鷄狗韻恁相逢凶神惡宿韻太平令全哭啼啼痛心疾首韻血淋淋殘骸斷肘韻一處處白

骨誰收。韻 一點點青燐斷逗。韻衆男女魂白 求大王爺爺、與我等伸冤雪恨、閻君白 可將衆鬼魂、即速送至十殿、查發輪廻者、衆男女魂作叩謝出門科全從左旁門下閻君白 周曾李克誠、叛逆奸惡、其罪甚大、衆鬼卒、將鎔銅爇鐵灌喉、再罰到阿鼻地獄、重受嚴刑便了、八動刑鬼應科作捉周曾魂李克誠魂灌鎔銅科一鬼卒作帶出門科從左旁門下閻君下座科唱 俺呵。格勘幾種男囚。韻 女囚。韻總休教 案頭。韻 滯留。韻 呀。格 俺可也法

無私疎而不漏。韻衆鬼判擁護閻君仍仝從酆都門下
生扮目連戴僧帽穿水田僧衣繫絲縧帶數珠持錫杖
從右旁門上白　酆都經幾處、尚未見娘親、來此已到五
殿、你看殿門緊閉、未知我那母親在於何處、以錫杖卓
地科白　唵嘛呢薩婆訶、一判官從酆都門上白　來往陰
陽路、出入生死門、闍黎何來到此何幹、目連白　我乃西
天目連僧、爲尋母到此、判官白　你母親是何名字、目連
白　是傅門劉氏、判官白　好不湊巧、方纔已解往六殿去

了、這却怎麼處、內作傳蹕科判官白 聽頭踏喧呼乃是
採訪使到來、巡察酆都冥府、聖僧不得久留於此、目連
白就此告別、判官白 請便相逢不下馬、各自奔前程、仍
從酆都門下目連白
幾時得見娘親之面、我且躲過一
邊再做道理、從左旁門下雜扮四天將各戴將巾穿蟒
箭袖排穗雜扮馬夫戴鷹翎帽穿箭袖卒褂牽馬雜扮
採訪使者戴嵌龍幞頭穿蟒束玉帶乘馬雜扮傘夫戴
馬夫巾穿箭袖卒褂執傘仝從下場門上衆仝唱

仙呂入雙角合曲【清江引】擺來頭踏分前後。韻 丁甲紛馳驟。韻 森森戈與矛。韻 閃閃旗飄繡。韻合 跨雕鞍讀把 玉鞭兒垂在手。韻

一判官從酆都門上作迎接科衆擁護採訪使者仝從酆都門下

第四齣　對神明巨奸俯首　江陽韻

雜扮四侍從各戴將巾穿蟒箭袖排穗執儀仗引外扮房元齡生扮杜如晦各戴紮紅幞頭穿蟒束玉帶從昇天門上房元齡唱

黃鐘宮引　西地錦　本是廟廊卿相。韻　今叨天宇翱翔。韻　杜如晦唱　常從絳闕趨仙仗。韻　緋衣猶染爐香。韻　分白　我乃房元齡是也、我乃杜如晦是也、全白　我等在陽世運際

奏階身忝卿貳死後蒙上帝念我等忠誠封爲仙吏今
日奉上帝勅旨會同五殿閻君一同會審盧杞一案就
此偕往森羅殿去請作到科四侍從白已到森羅殿了
一侍從白閻君有請雜扮牛頭馬面各戴套頭穿門神
鎧執叉雜扮八扛刑具鬼各戴鬼髮穿箭袖繫肚囊雜
扮八鬼卒各戴鬼髮穿蟒箭袖虎皮卒褂持器械雜扮
八動刑鬼各戴監髮額穿劉唐衣繫肚囊雜扮八侍從
鬼各穿戴油鍋地獄鬼衣雜扮二判官各戴判官帽穿

圓領束角帶持筆簿雜扮金童戴紫金冠穿氅繫絲縧
執旛雜扮玉女戴過梁額仙姑巾穿氅繫絲縧執旛引
淨扮第五殿閻君戴閻君套頭穿閻君衣襲氅軟紮扮
雜扮四天將各戴將巾穿蟒箭袖排穗引雜扮採訪使
者戴嵌龍幞頭穿蟒束玉帶仝從酆都門上閻君唱

中呂宮引 柳梢青 輪迴執掌。韻 果報曾無爽。韻採訪使者唱
善惡昭彰。韻 又如何能逃法網。韻仝作出門迎科房元
齡杜如晦作進門相見科閻君白 二位大人降臨、有失

迎迓、房元齡杜如晦白　豈敢我等奉上帝勅旨會同閻
君會審盧杞一案、閻君白　本殿亦有帝旨欽頒專候二
位大人到來恰好採訪使者遊巡到此就請一同會審
各請陞座、塲上設平臺虎皮椅科衆神各陞座衆鬼判
各分侍科閻君白　鬼卒快將盧杞帶過來、鬼卒應科帶
淨扮盧杞䰟戴氊帽穿喜鵲衣繫腰裙從酆都門上作
進門跪科鬼卒白　盧杞當面、房元齡白　盧杞你立心兩
端懷奸事主今日勘問你非爲別事只因你性秉奸回

心圖利祿、致天子於蒙塵、使邊將皆切齒、杜如晦白 有南天採訪使者、報你幽室密計、謀害文武官員大小三百餘人、計雖未曾盡行、你的心也覺太狠了些、閻君白 你造謀時說道、天道難明、鬼神誰見、怎知採訪使者彼時正在旁邊看你、採訪使者白 那三百餘人、雖未盡死、你却殺機已動、罪業難逃、盧杞魂白 念我罪名樁樁是實、也不敢强辯、只求寬恕、感恩非淺、閻君房元齡杜如晦仝白 你到此地位、還敢求寬恕麼、唱

中呂宮正曲　尾犯序

奸佞亂朝綱。韻 威福由伊。讀 有誰相抗。韻 慣同升宵小。讀 傾陷忠良。韻 追想。韻 恁那些殃民誤國。句 恁那些欺君罔上。韻合 今來至。句 陰司地獄件件罪應當。韻 閻君白 二位大人這廝罪惡滔天、決難輕恕、前在東嶽殿下、會審諸奸、將這廝問成腰斬之罪、今日復審無異、正當按律施行、房元齡杜如晦白 閻君所言極是、須用嚴刑處治、以彰報應便了、閻君白 衆鬼使快將這廝腰鍘兩斷、八動刑鬼應科盧杞魂作驚慌科唱

商調 黃鶯兒

正曲 聽說戰驚慌。韻 悄魂靈飛那廂。韻 奈陰曹執法難輕放。韻 房元齡杜如晦唱 惡業要償。韻 報施要彰。韻 自來曾沒有纖毫爽。韻合 罪應當。韻 疾忙正法。句 泉下慰忠良。韻 八動刑鬼作簇盧杷魂從地井墻下隨捉盧杷替身切末上八扛刑具鬼向下取鍘刀隨上向左側設科八動刑鬼作將盧杷鍘斷兩截科八扛刑具鬼隨扛鍘刀下衆神各下座科衆仝唱

善緣惡報無虛妄。韻 業鏡高懸明朗。韻 任他墻室

欺心也難隱藏。韻四侍從引房元齡杜如晦仍從昇天門下衆鬼判擁護閻君仍從酆都門下採訪使者白衆將吏、可隨俺至陽世、再訪察一回者、衆將吏應科雜扮馬夫雜扮傘夫各戴馬夫巾穿蟒箭袖卒褂牽馬執傘從上場門上採訪使者作乘馬科衆擁護仝從下場門下

勸善金科 第九本卷上

第五齣 採訪使號簿詳查 先天韻

雜扮八方城隍各戴紥紅幞頭穿圓領束金帶仝從上場門上唱

中呂宮正曲 駐雲飛 糾察人間叶 白日青天膽鏡懸韻 正大神靈顯韻 禍福威權擅韻 嗏格 白 吾等乃八方城隍是也秉乾坤正直之氣而爲神綜古今善惡之行以立案所有那些忠臣孝子義夫節婦和那不忠不孝淫邪貪

暴等罪逐一記載分明今當回繳採訪使者以憑呈奏吾等就此同往唱 霓旆引翩翩韻 御風驅電韻 何處瑤宮讀 陡覺霞光炫韻合 原來是 天使行轅在眼前韻 雜扮八將吏各戴將巾穿蟒箭袖排穗執旗雜扮四判官各戴判官帽穿圓領束角帶持筆簿引雜扮四採訪使者各戴嵌龍幞頭穿蟒束玉帶從上場門上唱

又一體

照察人天韻 私念纖毫必棄捐韻 誅賞行懲勸韻 輕重持衡鑑押 嗏格 場上設平臺虎皮椅轉場陞座

衆侍從各分侍科八方城隍作叅見科白　採訪尊神在上、我等衆城隍叅見、四採訪使者白　衆神免禮、場上設椅八方城隍各坐科四採訪使者白　俺天曹採訪考察陰陽功過、以行誅賞、纖毫無漏、報應昭然、今日是俺驗對簿書之期、衆神申報、須要逐一查明、毋有差錯、方好奏達三台北斗尊神、八方城隍白　我等專爲申詳人世善惡而來、唱

善惡世間緣。韻　都隨心轉。韻　一念纔萌、讀立把人禽判。叶合　鐵筆無情紀載全。韻四採訪使者白

判官可將簿書細細查對、四判官應作查簿科東方城隍白那忠良李晟、渾瑊、竭力勤王、奮身討賊、陸贄、李泌、忠誠事主、多立謀猷、自應福祿綿長、功名顯赫、南方城隍白那顏真卿、段秀實、罵賊不屈、殺身成仁、身列仙班、永超塵劫、東方城隍仝唱

中呂宮正曲 剔銀燈

忠良輩英風堪羨。韻除奸佞扶綱惇典。韻看千秋褒鄂鬚眉現。韻孤忠愧天心憐念。押西方城隍白那陳桂英潔身自縊、鄭賡夫順命身亡、亦許逍遙

蓬島、北方城隍白傳相、羅卜、積德累功、憐孤恤寡、皆當名列上淸、西方城隍仝唱合貞堅。韻名完行全。韻力行善當書貝編。韻東南方城隍白還有張佑大、知過能改、證果西方、朱紫貴、賣身葬父得占科名、西南方城隍白更有董知白、一生淳樸、陳榮祖、懦弱安貧、被人殺害、令其子嗣克昌、可見天道昭彰、毫釐不爽、東南方城隍仝唱

中呂宮正曲攤破地錦花善通天。韻那報應無訛舛。韻也儘

有遭厄際艱。叶定然子孫貴後澤綿綿。韻西採訪使者白再將那些爲惡的、可一樁樁備細說來、以憑對驗分明、東北方城隍白那爲惡的、如朱泚、李希烈謀反叛逆、源休、姚令言、周曾、李克誠、助賊興兵、忍作殘害、旣受陽間顯戮、還須受陰府重刑、百劫輪廻、不得超生。西北方城隍白至如張三、背倫打父、莫可交貪淫犯殺李文道害命謀財、鄭賡夫之母、讒言殺子、陳氏之姑、强逼其媳自縊身亡。種種惡孽、當墮地獄、東北方城隍仝唱則這滅絶人倫讀罪惡滔天。韻合受顛連。韻永世裏滯重泉。

韻東方城隍白盧杞陰狠、殘害良善、田希監逞志作威、極刑枉法、南方城隍白臧霸棄法受賄、壞倫滅理、東方城隍仝唱

中呂宮正曲 千秋歲

弄威權。韻恣意爲不善。韻合受着陽罰陰譴。韻西方城隍白張捷害衆成家、好色謀命、彈打亡身、劉賈凌孤逼寡、挾詐懷欺、永入畜類、北方城隍白還有劉氏誹謗神佛、背誓開葷、金奴褻瀆神祇、如是等類

呵、八方城隍仝唱 罪業重重○句 罪業重重○疊 昭果報讀
問誰能逃刑憲○韻 雜扮四功曹各戴功曹帽穿雁翎甲
掛年月日時牌持簿書馬鞭作躍馬科仝從上場門上
唱合 好趁取讀 天風便○韻 馳驟處讀 如飛電○韻 頃刻行
來遠○韻 望神光奕奕讀 霞煥雲鮮○韻 作到下馬叅見科
仝白 採訪尊神在上、我等叅見。四採訪使者白 四值功
曹免禮。四功曹白 我等糾察人世善惡、隨其輕重、記載
分明、呈送尊神驗對詳細、方好一同回覆三台北斗帝

君、作呈簿科四採訪使者作看簿科白　適纔八方城隍詳陳始末已無差錯矣、四功曹白　既如此、願隨尊神同覆三台北斗帝君尊前呈報分明以憑究治施行、四採訪使者白　既如此、恭同前去、回繳三台北斗帝君便了、各下座科八方城隍白　吾神等相送一程、四採訪使者白　就請偕行、衆遶場科仝唱

中呂宮正曲　紅繡鞋　芝幢絳節翩翩。韻翩翩。格鳴璈戞玉泠然。韻泠然。格瞻帝闕。句鳳城邊。韻驂鶴駕。句馭雲軿。韻

合齊謹肅。句共朝元。韻

星驅霧擁珠暉轉。韻耀天衢彩霞千片。韻遥望見

慶餘 阿閣神樓聳碧天。韻衆將吏四功曹擁護四採訪使者

仝從昇天門下八方城隍仝從下場門下

勸善金科第九本卷上

第六齣　幽冥主善緣普濟　先天韻

生扮目連戴僧帽穿水田僧衣繫絲縧帶數珠持錫杖從上場門上唱

仙呂宮引　天下樂　經年爲母苦辛艱。叶　訪遍陰曹見面難。叶　堪憐母子分緣慳。叶　叩懇幽冥地藏前。韻　白　我目連掌佛指示。尋遍五殿陰曹。我行雖急。娘去更忙。似此枉受奔波。雖尋遍十殿。何由得見。展轉躊躇。想出箇權巧方便的來歷地藏菩薩乃是幽冥教主若得指示根源必能尋見母親爲此不辭勞苦來此九華山專心叩求菩薩能使我尋見母親此乃萬千之幸也你看九華山不遠須趲向前去者惟求普濟能仁力指示幽冥得見親

從下場門下雜扮八侍者各戴僧帽穿僧衣披袈裟帶數珠雜扮道明和尚戴頭陀髮紮金箍穿道袍披袈裟帶數珠托鉢盂雜扮大變長者戴毘盧帽穿道袍披袒衣帶數珠持如意引生扮地藏菩薩戴地藏髮穿蟒披

袈裟帶數珠持拂塵從上場門上唱

又一體

清圓智月廣無邊。韻慧業能超作佛仙。韻西來飛錫九華巔。韻莊嚴微妙自天然。韻場上設金蓮寶座內奏樂轉場陞座衆侍者各分侍科地藏菩薩白

大道原無著、迷人苦要修、誰知向上事、只在脚跟頭、吾乃九華山地藏菩薩是也、住居此山、象教日開、信心者衆、四方叅仰之人、不遠千里而至、這雖是我願力無邊之所感、究竟還賴我佛慈悲之善緣、人知向善、故能如此也、

◎

今有目連艱辛尋母遍歷崎嶇、不能得見、如今不辭勞苦、又來至九華山、復求於我、須當成就他孝善之心便了。目連從上場門上作到叅見科白菩薩在上、弟子叩叅、地藏菩薩白目連、你爲着何事到此、目連白菩薩、念弟子呵、唱

南呂宮刮鼓令 正曲 爲彝倫重意堅。韻訪慈親歷盡艱。叶滾白我到陰司一殿時、娘親已離一殿、我到一關時、我娘又過一關、唱歎母子不能相見。韻枉受奔波奈緣分慳。

叶這苦楚訴難言。韻似愁對西風泣斷猿。韻地藏菩薩

白你怎生又到這裏來呢、目連唱不辭勞苦到山巔。韻合爲哀求指點意誠虔。韻地藏菩薩唱

又一體

你酆都去又旋。韻受艱辛孝意堅。韻滾白曾走陰司無名路、歷盡人間不到山、唱這是你孝心堪羡。韻目連白弟子焉敢稱孝、地藏菩薩唱感動我慈悲念成善緣。韻白汝那母親呵、唱他在陰司裏受熬煎。韻目連白我娘親受苦、叩求菩薩垂慈救拔、地藏菩薩白你母

已墮入餓鬼道我賜汝這香飯一盂與你母飽餐 唱 持
這鉢盂香飯到重泉 韻 自有神天呵護便 韻合 須知百
行孝爲先 韻內奏樂地藏菩薩下座科目連白 但不知
何日得見我母親 地藏菩薩白 二月初一日乃是我九
華山青陽蓮花勝會那十殿閻君至期齊來赴會或者
你於此日在六殿阿鼻地獄得見你母一面也未可知
唱
想此行母子能相見 韻道明和尚作付鉢盂目連
慶餘

作跪接科地藏菩薩白 這鉢盂乃是如來預先所賜、非同小可、唱這是佛慈悲預施方便。韻還須悟取心頭九品蓮。韻目連作叩謝科衆侍從擁護地藏菩薩仝從下場門下目連作出門科從下場門下

第七齣 守清規啞判行文 江陽韻

雜扮長短二啞皂隸鬼各戴皂隸帽穿窄袖繫皂隸帶長皂隸鬼先從右旁門上作望見日出向下點手喚科短皂隸鬼從右旁門上作方睡醒科長皂隸鬼向下牽馬隨上短皂隸鬼向下取鞍轡隨上二皂隸鬼仝作飾鞍絡轡科長皂隸鬼向下跪請科淨扮啞判官戴紮紅幞頭穿圓領束角帶從右旁門上作方睡醒喚牽馬赴

衙科二皂隸鬼仝牽馬啞判官作欲乘馬跌倒復起隨
乘馬科二皂隸鬼向下取板子隨上仝遶場作到衙科
啞判官下馬短皂隸鬼牽馬下隨上場上設公案桌椅
啞判官陞座二皂隸鬼分侍科雜扮一解鬼戴鬼髮額
穿蟒箭袖虎皮卒褂繫虎皮裙帶副扮劉賈魂戴氊帽
穿喜鵲衣繫腰裙從右旁門上解鬼帶至公案前虛白
跪呈公文科劉賈魂虛白跪求科啞判官看作怒指劉
賈魂令二皂隸鬼打科隨寫公文仍付解鬼解鬼帶劉

賈魂從左旁門下雜扮五長解鬼各戴鬼髮額穿蟒箭袖虎皮卒褂繫虎皮裙持器械帶旦扮劉氏魂穿破補衫繫腰裙從右旁門上長解都鬼帶劉氏魂至公案前虛白跪呈公文科劉氏魂虛白跪求科啞判官看作怒指劉氏魂令二皂隸鬼打科隨寫公文仍付長解都鬼衆長解鬼帶劉氏魂從左旁門下雜扮二解鬼各戴鬼髮額穿蟒箭袖虎皮卒褂繫虎皮裙帶丑扮僧本無魂戴僧帽穿道袍繫腰裙小旦扮尼靜虛魂戴尼姑巾穿

衫繫腰裙從右旁門上二解鬼帶本無魂靜虛魂至公案前虛白跪呈公文科本無魂靜虛魂虛白跪求科啞判官看作怒指本無魂靜虛魂隨意發諢令本無魂靜虛魂隨意發諢唱小曲科隨寫公文仍付二解鬼二解鬼帶本無魂靜虛魂從左旁門下啞判官二皂隸鬼隨意發諢科短皂隸鬼向下牽馬隨上啞判官作乘馬遶場從左旁門下二皂隸鬼隨下雜扮威伏使者戴判官帽穿蟒箭袖卒褂軟紮扮執旗從酆都門上白

凛冽陰曹隔世塵。昭彰報應晰毫分。何當脫盡衆生苦。仰啓菩提轉法輪。俺乃威伏使者是也。職掌幽冥。傳宣諸事。各司聽者。閻君傳諭。明日乃二月初一日。是九華山教主得道之辰。齊集各司。同赴慶賀幽冥教主。不得有悞。唱

仙呂宮正曲 江兒水

何得幽冥地。句 都成歡喜塲。韻 蓮花只在人心上。韻 劍樹刀山非魔障。韻 風幡悟後原一樣。韻 歎碌碌浮生勞攘。韻合 羅網誰投。句 却原來三塗空曠。

韻

慶餘　來朝　向　蓮座同瞻仰。韻　辦虔心莫辭勞攘。韻　想我

這　服役陰司　的也　一樣忙。韻　仍從酆都門下

第八齣　歷苦刼聖僧見母　古風韻

酆都門上換阿鼻地獄區副扮班頭戴瘟神帽紥靠從

酆都門上唱

南呂宮引　哭相思　陰司獄卒一頭兒。韻　專管這班餓鬼。叶　千年不住業風吹。叶　我在其中用事。韻白　自家六殿阿鼻地獄班頭是也我殿主九華山赴會去了那些獄官獄吏俱已跟隨去了命我在此主管阿鼻地獄獄中鬼使

聽者須要遵守法度、不得有違、仍從酆都門下生扮目
連戴僧帽穿水田僧衣繫絲縧帶數珠持錫杖托鉢盂
從右旁門上唱
南呂宮正曲　繡帶兒
萬仞銅牆黑炁圍。韻此中母在堪悲。韻
歷艱辛思救顛危。韻聽何處啾唧鬼泣。韻白來此已是
阿鼻地獄、以錫杖卓地科白唵嘛呢薩婆訶、班頭從酆
都門上白甚麽東西震響、險些兒把牆震倒了、待我看
來、原來是一位禪師、尊姓大名、目連白我是目連僧、班

頭白　禪師從何處而來、目連白　從西方來、班頭白　到此何幹、目連白　特來救母、唱　尋覓。韻　重逢母氏全仗伊。韻　望慈愍　指示我　獄中消息。韻合　我娘親今囚那裏。韻　好教我隔重城、讀　空彈珠淚。韻　班頭白　你母親是何姓名、目連白　老母劉氏、班頭白　恰好殿主赴龍華大會去了、禪師住下、我替你獄中問來、目連白　仗賴長官、班頭白　獄中的鬼使、外面有兒子尋娘的、有兒子的女犯走出來、旦扮劉氏魂穿破補衫繫腰裙帶長枷手杻內唱

又一體 驀聽相呼驚又疑。韻班頭白他母是劉氏、劉氏魂唱 老身便是劉氏。叶班頭白你的兒子可是箇僧人麼、劉氏魂唱 若僧人却不是我孩兒。叶班頭白你的兒子姓甚名誰、劉氏魂唱 傅羅卜名姓是實。韻班頭白這等不是你的兒子、他叫做目連僧、劉氏魂唱 心惑。韻劉氏非我還是誰。韻班頭白同名同姓的儘多、劉氏魂白長官、唱還望你 問和尚可曉得傅家消息。韻班頭白你也可笑得緊、唱合 陰司裏怎去訪陽間信息。韻只好向望鄉臺、讀汪汪擱淚。韻向目連白禪師、獄中有箇劉氏、他兒子不呌目連僧、目連白呌甚麼、班頭白呌做傅羅卜、目連白傅羅卜就是我母親在這裏了、唱

南呂宮正曲 香遍滿 早求相會。韻料吾娘親盼想兒。叶得使我娘兒談片刻。韻荷恩施。叶俺當酬謝伊。韻合俺今拜懇伊。韻幸速把囹圄啓。韻作跪求科班頭作扶起科白原來目連僧就是傅羅卜、待我行箇方便見你令堂一面、目連白多謝尊官、班頭白城上的劉氏生前有願若

要持齋茹素除非鐵樹開花他兒子尋到這裏你們將他乂上城頭做箇鐵樹開花樣式與他兒子看看雜扮鬼卒戴鬼髪穿蟒箭袖虎皮卒褂帶劉氏魂作曰內出火焰竝酆都城上科班頭白禪師請看令堂目連唱

南呂宮正曲　一江風

見慈幃韻陷在烟火內韻鮮血淋漓體韻苦痛悲韻帶鎖披枷句不做聲和氣韻合一見了魂魄飛韻一見了魂魄飛疊使見心驚畏韻滾白娘却便是剜却見的心和肺長官今見我母城頭之上遍身猛

火項帶長枷又言道慈悲爲本方便爲門公門之下正好修行長官沒奈何望你發慈悲念我母形骸尩羸唱

把刑法略略的寬容恕。押作跪求科班頭作扶科白禪師請起待我寬他刑法就是了城上的將劉氏戶內烟火去了待他母子好說話鬼卒與劉氏魂去戶內火焰科劉氏魂作哭科白兒在那裏目連作哭科白娘兒在這裏劉氏魂唱

又一體

苦憂愁。韻教我對着誰分剖。韻適纔聞得兒尋

母。叶　滾白　兒你乃是陽世人似這等陰陽間隔那得有箇音信往來重重黑獄渺渺冥途虧殺我兒怎到得這陰司地府自拘地獄日月無光我的兩眼盲瞎今在鐵圍城上只聽你的聲音不見你的模樣了兒可憐哭壞我一雙眸要見你不能彀兒恰便似剜却娘的心頭肉

唱　悔當初。句　滾白　孝心的兒曾記陽間你在佛殿看經

唱　娘親聽信讒言。句　勸兒開葷飲酒。韻　滾白　我兒苦不依從你娘曾有言詞若要我持齋茹素則除非鐵樹開

花、豈知天網恢恢、疎而不漏、到如今果應其言、可憐你苦命的娘親、魂魄陷在阿鼻地獄、饑餐熱鐵、渴飲鎔銅、腹中猛火、滿口生烟、兒這千磨萬難、有誰憐我苦楚難禁受、唱合 潸潸淚雨流。韻 潸潸淚雨流。疊滾白 若念母子情、唱 望你相搭救。韻 救老娘離災咎。韻班頭白 帶下去、鬼卒帶劉氏魂仍下酆都城科目連白 長官容我母子再見一面、班頭白 相見過了、怎麼又要見、目連白 這怎麼算得、班頭白 陰司法度、怎比陽間、見過了又要見、

我殿主回來不當穩便禪師請去罷、目連白不容相見
班頭白不容相見、目連欲以錫杖卓地科班頭白住了、
又動這箇買賣待我叫出來母子說句話兒就請去罷、
目連白多謝長官、班頭向內白裏面鬼使趁此時殿主
未回快將劉氏帶出來與他母子一會、鬼卒應科帶劉
氏魂從酆都門上白兒在那裏、目連白兒在這裏、唱

南呂宮正曲 搗白練 驀見娘行淚垂。韻 痛得肝腸頓摧。韻 這
都是孩兒不肖。句合 使娘受。讀 萬千難危。韻 劉氏魂唱

又一體

自悔生前不聽伊。韻 果陷重泉怨誰。韻 受刑罰肌膚寸裂。句合 獄囚裏、讀 忍寒耐饑。韻 目連白 娘你怎受得這樣苦楚、劉氏魂白 兒虧你千辛萬苦尋來幸遇閻君赴會去了、你去哀告長官將我枷鎖鬆解一時也是好的、目連白 孩兒自有佛法、班頭白 帶緊了、隨他有什麽佛法、目連唱

南呂宮 劉潑帽 正曲

原來佛法非妖異。韻 亘三三櫛栗牢持。韻 怎教枷鎖能沾體。韻以錫杖卓地科白 唵嘛呢薩婆

訶、劉氏魂唱合兩眼不昏迷。韻身子如蟬蛻。韻班頭白好生利害這和尚有些蹊而蹺之古而怪之、鬼卒白你且坐而守之、劉氏魂白枷鎖去了、覺得眼明身爽只是腹中饑餓難當、目連白孩兒知道了、唱

又一體　更將佛法逢塲戲。韻灑空中甘露楊枝。叶衆香國裏彫胡粒。韻以錫杖卓地科白唵嘛呢薩婆訶、作托鉢進飯與劉氏魂食科劉氏魂唱合飽食已忘饑。韻香滑青精味。韻雜扮鬼卒戴鬼髮穿蟒箭袖虎皮卒褂持

馬鞭從下塲門上唱

越調正曲水底魚兒　躍馬奔馳。韻　加鞭去似飛。韻　大王駕轉。句合　回報莫教遲。韻　回報莫教遲。疊白　值殿的、殿主回在中途、快去迎接、班頭白　知道了、鬼卒從右旁門下班頭白　禪師快去罷、殿主回來了、不當穩便、禪師去罷、鬼卒帶劉氏魂班頭作推目連仝作轉塲科目連白　自從那日別親幃、隔斷幽冥總不知、費盡心機纔得會、劉氏魂仝唱

中呂宮正曲　尾犯序

如何邂逅又分離。韻滾白受盡冥陽之苦、纔得相逢六殿、指望母子相依、共同一處、又誰知法不容情依舊分離、和你此別要會何時節、唱百結離愁讀一言未畢。韻祇擬從容、讀將救母情由細議。韻豈意。韻鬼卒帶劉氏魂班頭作推目連仝作轉場科劉氏魂目連唱這夜叉急忙忙苦逼你我骨肉分離。韻痛煞煞肝腸裂碎。韻班頭向內喚雜扮四鬼卒各戴鬼髮穿蟒箭袖虎皮卒褂從酆都門上仝作催逼劉氏魂與目連

分別科劉氏魂目連唱合　怕只怕。句　幽冥一閉　咫尺似天涯。韻　劉氏魂唱

又一體

孝心天地知。韻　自古尋親、讀　誰人似你。韻　此去陽間、讀　還望你把　老娘掛意。韻　牢記。韻　滾白　你須是再往西天、哀求活佛、傳度你把娘親救取、萬古孝名馳、萬古孝名馳、從今後、班頭衆鬼卒復作催逼劉氏魂與目連分別科劉氏魂目連滾白　從今以後、唱　兒　在陽間哭着娘親。句　娘　在陰司想念孩兒。叶　滾白　可憐見我娘兒

兩地天、唱合只落得叫一聲天。句滾白哭一聲娘唱兒、睜

睜兩眼擱不住淚雙垂。韻目連唱

慶餘兒今到此渾無計。韻劉氏魂唱還望前來莫待遲。

韻目連唱痛斷肝腸只自知。韻衆鬼卒帶劉氏魂仍從

酆都門下班頭虛白從酆都門下目連白不免在此獄

門、等閻君到時、再行哀告便了、仍從右旁門下

勸善金科　第九本卷上

第九齣　不恕饒䋄城法重　古風韻

雜扮牛頭馬面各戴套頭穿門神鎧持叉雜扮八小鬼各戴鬼髮穿箭袖繫肚囊執旗雜扮八鬼卒各戴鬼髮穿蟒箭袖虎皮卒褂執儀仗雜扮八侍從鬼各穿戴阿鼻地獄鬼衣雜扮二判官各戴判官帽穿圓領束角帶持筆簿雜扮金童戴紫金冠穿氅繫絲縧執旛雜扮玉女戴過梁額仙姑巾穿氅繫絲縧執旛引雜扮第六殿

閻君戴閻君套頭穿閻君衣襲氅軟紮扮騎馬雜扮馬夫鬼戴鬼髮穿箭袖虎皮卒褂牽馬雜扮傘夫鬼戴鬼髮穿箭袖虎皮卒褂執傘仝從下場門上衆遶場科仝唱

雙調正曲　**普賢歌**

九華朝罷駕初回。韻　十殿諸王各自歸。韻　風馬玉鞭催。韻　雲車繡轂隨。韻合　看殿宇森嚴廟貌巍韻閻君下馬科馬夫鬼傘夫鬼仝從酆都門下中場設椅閻君轉場坐科副扮班頭戴瘟神帽紮靠從酆都門

上跪白　啓上閻君、今有西方目連聖僧、爲尋他母劉氏、守定獄門、只要將他母魂帶往佛國、特請閻君示下發落、閻君白　你說陰司法不容情、你母罪惡深重、如何使得、班頭白　班頭也曾對他說過、他只把佛法行動、手拿九環錫杖、往下一搠、衆夜义頭腦生疼、閻君白　他只知救母爲重、竟不知法度非輕、不道我執法無私、只道我有慢佛教了、如今那目連在那裏、班頭白　如今着他在地獄門外、等候閻君發落、閻君白　速傳解差鬼使過來班頭向下喚科雜扮五長解鬼各戴鬼髮額穿蟒箭袖虎皮卒褂繫虎皮裙持器械仝從右旁門上長解都鬼白　閻君有何驅使　閻君白　我今吩咐管獄的將劉氏休從獄門而出帶上城頭墜下爾等星夜解往七殿不得遲延　長解都鬼應科閻君白　雖然佛教慈悲切須信陰司報應明　起隨撤椅科衆鬼判擁護閻君仝從酆都門下　班頭白　老哥不要到獄門驚動他轉到那壁廂將劉氏從城頭墜下星夜解往七殿便了　五長解鬼仝唱

越調水底魚兒　正曲　瞞過高僧。韻　悄地便施行。韻　閻君法令。韻合　若箇敢容情。韻　若箇敢容情。疊班頭白城上的閻君吩咐速將劉氏墜下城來星夜解往七殿不得有違旦扮劉氏魂穿破補衫繫腰裙雜扮鬼卒戴鬼髮穿蟒箭袖虎皮卒褂持叉從右旁門作趕劉氏魂上鬼卒隨下劉氏魂唱

雙調普賢歌　正曲　可憐悲歡沒定期。韻　歡喜纔臨悲又至。叶　將我墜城池。韻　解往前途裏。韻合　我那嬌兒怎得知。韻

班頭白　快些帶去、仍從酆都門下長解都鬼作鎖劉氏魂遶場科衆全唱

又一體　閻君差遣莫遲延。韻　即便將伊解向前。韻　汝子孝心堅。韻　在此苦相纏。韻合　法不容情也枉然。韻仝從左旁門下

第十齣　多方便贈尺情深　古風韻

生扮目連戴僧帽穿水田僧衣繫絲縧帶數珠持錫杖托鉢盂從右旁門上唱

【小石調引】【粉蛾兒】心勞神瘁。韻端爲母身遭罪。韻白我昨朝到此多蒙班頭方便着我母子相會聽報閻君回殿將老娘依舊收入獄中可憐我母依然受罪因此守到今朝欲哀告閻君乞將我母陰魂帶回西天叅見活佛再當叩求佛慈與我娘親消愆滅罪方遂我爲子之心也只等班頭到此便知分曉（副扮班頭戴瘟神帽紮靠從酆都門上白）罪惡逆天無可解堪憐孝子苦心虔禪師請了（目連白）長官所託之事如何了（班頭白）昨晚告啓殿主細剖此情我殿主執法不容卽將令堂從城上墜下星夜解往七殿去了（目連白）又解到七殿去了（作哭科唱）

中呂宮 駐雲飛

正曲 苦痛心酸（叶）一去終須不再旋（韻）地獄

重重遠韻要見無由見韻嗏格這苦有誰憐韻寃愆怎
免韻枉費心機讀空自成悲怨韻合仰望蒼天乞見憐
韻班頭唱

又一體不必悲啼韻你這孝心世所稀韻似你堅心意
韻天自相垂庇韻嗏格勸你慢傷悲韻且收珠淚韻七
殿非遥讀母子應相會韻合那時引往西天也未遲韻

目連白貧僧就此拜別班頭白且慢因你孝意感動我
心七殿有箇獄官戈子虛却是我的故友禪師到彼自

然周全與你、目連白 只是貧僧與彼素不相識、如何便
肯用情、班頭白 向日蒙他賜我戒尺一箇謹帶隨身、我
今付與禪師帶去、與他、他若見了、自然與你方便、向下
取戒尺隨上作付目連科目連白 多謝長官、班頭唱
慶餘 贈君戒尺須相寄。韻 諒彼有深情厚惠。韻 目連白
多謝長官、唱 感佩恩高厚德垂。韻 班頭仍從酆都門下
目連從左旁門下

第十一齣　被嚴刑周曾斷體　古風韻

酆都門上換割舌地獄匾雜扮牛頭馬面各戴套頭穿門神鎧持叉雜扮八扛刑具鬼各戴鬼髮穿箭袖繫肚囊雜扮八鬼卒各戴鬼髮穿蟒箭袖虎皮卒褂持器械雜扮八動刑鬼各戴監髮額穿劉唐衣繫肚囊雜扮八侍從鬼各穿戴割舌地獄鬼衣外扮戈子虛雜扮一判官各戴紮紅紗帽穿圓領束金帶雜扮金童戴紫金冠

勸善金科　第九本卷上

穿氅繫絲縧執旛雜扮玉女戴過梁額仙姑巾穿氅繫絲縧執旛引雜扮第七殿閻君戴閻君套頭穿閻君衣襲氅軟紮扮從酆都門上唱

黃鐘宮引　西地錦　職掌陰司案件。韻　秉公行法無偏。韻　當空業鏡看高懸。韻　善惡從來立辨。韻　塲上設平臺虎皮椅轉塲陞座衆鬼判各分侍科閻君白　陰司果報豈差遺、可奈陽間總不知、但得一心行正道、自然天地不相虧、吾乃第七殿閻君是也、我這殿前案件多端、每日必須

檢點分明、親行發放、昨因二月初一日、朝叅幽冥教主、
職掌諸司、俱未投文起解、誠恐稽遲案件、不當穩便、鬼
卒們、但有投文者、即與通報、衆鬼卒應科雜扮五長解
鬼各戴鬼髮額穿蟒箭袖虎皮卒褂繫虎皮裙持器械
帶旦扮劉氏魂穿破補衫繫腰裙從右旁門上唱
商調引 接雲鶴 昨朝母子乍相依。韻 夜來又復墜城池。韻
長解都鬼白 來此已是七殿門上、那位在、一鬼卒作出
門問科長解都鬼白 這是六殿解來的鬼犯、鬼卒虛白

作進門稟科閻君白帶進來、鬼卒作出門引五長解鬼
帶劉氏魂作進門跪科長解都鬼跪呈公文科閻君作
看公文科白一名犯婦、傳門劉氏、怎麽單單解一名來、
長解都鬼白這傳門劉氏、有箇兒子、是西方目連僧來
到六殿、守定了地獄門、只要母子相見閻君赴會回來、
執法不依、吩咐立寫公文、瞞却僧人、將劉氏墜城而下、
悄地解來到此、閻君白原來如此、劉氏、你乃善門之婦、
善夫之妻、善兒之母、爲何造下這許多寃業、你可從直

招來、劉氏魂唱

中呂宮正曲 駐雲飛

訴說前非。韻 原係隨夫念阿彌。韻 廣把資財費。韻 齋僧又周濟。韻 嗏。格 夫死一年矣。韻 並不更移。韻 因聽讒言。讀 頓把前功棄。韻合 伏望爺爺恕罪危。韻 閻君唱

又一體

人世昏迷。韻 善惡昭彰不自知。韻 暗地行乖戾。韻 神道難瞞昧。韻 嗏。格 陽世儘胡爲。韻 惡如影隨。韻 地獄重重。讀 殿殿遭刑罪。韻 白 自古道律設大法理順人

情看你夫君兒子分上免你受刑、我這裏速做公文、

判官作付公文長解都鬼作接公文科閻君唱合將他

解送前途八殿裏。

韻五長解鬼作帶劉氏魂出門科從

左旁門下雜扮解鬼戴鬼髮額穿蟒箭袖虎皮卒褂繫

虎皮裙持牌從酆都門上白

稟上閻君、今有各殿審定

三犯、解到閻君這裏治罪、作跪呈牌科閻君作看牌科

白

一名鬼犯周曾助叛、爲虐殺掠平民、問定鋸解之罪、

一名鬼犯金奴、勸主開葷殺生害命、問定割舌之罪、一

名鬼犯沈氏帷簿不修、威逼節婦、問定剖腹之罪、鬼卒依例施行、解鬼仍從酆都門下八扛刑具鬼向下扛紅椿鋸解切末隨上設塲上科八動刑鬼向下作提周曾替身切末隨上衆仝唱

南呂宮 金錢花

正曲 生前反叛欺天。韻 欺天。格 死後解入黃泉。韻 黃泉。格 將身鋸解苦難言。韻 今到此讀 受熬煎。韻

合 遭慘報讀 有誰憐。韻作將周曾替身切末鋸解科衆

仝唱

又一體　陰曹法度無偏。韻無偏。格霜鋒鐵齒森然。韻森然。格犯魂身首碎難全。韻淋漓血讀灑肱肩。韻合遭慘報讀有誰憐。韻八動刑鬼向下作捉小旦扮金奴魂散髮穿衫繫腰裙老旦扮沈氏魂散髮穿衫從酆都門上

沈氏魂唱

又一體　生前利口便便。韻便便。格逼媳改節心偏。韻心偏。格金奴魂唱今當割舌受冤愆。韻論罪業讀也當然。韻合遭慘報讀有誰憐。韻八動刑鬼作捉沈氏魂金奴

魂縛紅柱上一動刑鬼持刀作將金奴魂割舌沈氏魂剖腹科八扛刑具鬼扛沈氏魂屍金奴魂屍從兩旁門分下隨上扛紅樁鋸解切末下閻君下座衆鬼判擁護仍仝從酆都門下生扮目連戴僧帽穿水田僧衣繫絲絛帶數珠持錫杖托鉢盂從右旁門上唱

商調引　接雲鶴　幸得娘親相面會。韻　豈知頃刻又分離。韻

白　此間已是七殿、不免進去、以錫杖卓地科白唵嘛呢薩婆訶、戈子虛從酆都門上白僧人何來、目連白小僧

目連是也。請問高姓大名。戈子虛白在下戈子虛是也。請問到此何事。目連白爲因母墮地獄，尋至六殿阿鼻獄中，幸得班頭方便，使母子相逢。蒙那班頭特發菩提之心，將尊官昔日贈他的戒尺，轉賜與小僧，以爲信物。特此持來拜謁。戈子虛白原來如此。但不知令堂是何姓名。目連白老母傅門劉氏。戈子虛白方纔閻君已將令堂解往八殿去了。目連白貧僧就此趕上。戈子虛白此時去了，已至八殿，追不上了。目連白既追不上，望尊

官將前殿事情懇求指示一二、戈子虛白　不說起前殿
事情猶可、若說起來、好生利害、目連白　願聞其詳、戈子
虛唱

南呂宮
正曲　紅衲襖

他那裏　夜魔城　黑洞洞　六月寒。韻　更有
那　火車刑　慘酷酷　肌肉爛。韻　惡狠狠　都是些　猙獰漢。韻
嚴整整　抵得箇　虎豹關。韻　陰司內　有公幹許往還。韻白
禪師、你是世上人、唱　沒公文　只怕　去又返。韻　此乃是　酆
都第一咽喉。句　也。格　要見尊堂難上難。韻白　敢問禪師、

來到陰司、必然是聖僧了、目連白　小僧只因爲母出家、
欲救重重地獄之苦耳、戈子虛白　原來如此、聖僧還當
再去叩見佛慈、廣求方便、纔可到得夜魔城去、目連白
旣如此、就此拜别、恨不遇娘親、戈子虛白　還當叩佛尊、
目連白　惟念劬勞重、戈子虛白　終逢方便門、目連從左
旁門下戈子虛仍從酆都門下

第十二齣　忘舊惡劉保霑恩　古風韻

丑扮劉保戴氊帽穿喜鵲衣繫腰裙從上場門上唱

仙呂宮正曲　皂羅袍　衣破肚中又餒。韻料死期將至。讀這苦難支。叶思量到此自悲啼。韻眼前惡報遭顛沛。韻白我乃劉賈之子劉保。便是父親在日。頗有家私。不幸遭了火災。母親先喪。父親後亡。弄得一貧徹骨。表兄傅羅卜擔經挑像。竟往西天去了。遺下掌家益利哥。時常承他周濟明日乃是父親亡故之日欲往墳前焚化一陌紙錢無奈腰間並無一文只得皮着臉兒前去哀求益利哥濟我幾文我也是無計奈何若有能爲我也不來了

唱合我只得拚將羞臉句再來這裏韻但求升斗句不教忍饑韻這殘生畢竟難存濟韻白益主管可在家麽

末扮益利戴羅帽穿屯絹道袍繫鑾帶帶數珠從下場門上虛白作出門科白原來是劉小官來了請進去劉保白益主管受恩多次沒臉面再來見你了益利白骨

肉之親怎說這話我不過替主行善何足掛齒　劉保白
若非火焚家私縱然父母雙亡也還不能彀到這等模
樣　益利白　當日你年幼不知令尊所作所爲但凡行事
欺天逆理尅衆成家四鄰八舍誰不怨恨縱有家私難
得長久豈不聞近在自身遠在兒孫　劉保白　說得有理
一些不錯益主管明日乃是我父親亡故之日欲到墳
前焚燒一陌紙錢以盡子道但是非錢而不行如之奈
何　益利白　待我周全與你你明日到會緣橋來再取白

銀五兩、白米五斗便了、劉保白 如此感謝不盡了、益利白 自家至親何敢當謝、盧白作進門科仍從下場門下劉保白 果是富嫌千口少貧恨一身多、唱

又一體 自歎室如懸磬。韻 念屢蒙周濟讀 感戴非輕。韻 死生父子荷高情。韻 他 一門孝善人欽敬。韻合正是貧窮富貴。句 輪流轉行。韻 天生萬物。句 惟人最靈。韻這 隨時現報皆前定。韻從下場門下

第十三齣　釋迦佛動念垂慈　蕭豪韻

佛門上換雷音寺匾雜扮四侍者各戴僧帽穿僧衣披袈裟帶數珠雜扮張佑大等十人各戴僧帽紮金箍穿僧衣披袈裟帶數珠雜扮阿難迦葉各戴毘盧帽穿道袍披袈裟帶數珠引淨扮如來佛戴佛膗腦穿蟒披佛衣從佛門上唱

黃鐘調　北醉花陰
合曲

須彌非大芥非小。韻一切法惟心自

造韻那目連念劬勞韻救母向陰曹韻幻化中堪稱孝
韻內奏樂場上設金蓮寶座轉場陞座衆弟子各分侍
科如來佛白變成十八涌虛空由六根來具六通卽此
兼三成十八幻成地下獄重重我佛如來是也今爲目
連之母劉氏因心造業劉氏之子目連因心救母他那
裏本無繫縛我這裏如彼因緣今日等他到來不免將
慧燈付與他照破九幽救度伊母去者阿難迦葉白前
蒙佛勅已將五燈付與菩提達摩前往震旦今目連救

母應將何燈給與、如來佛白　維摩居士化度魔王波旬宮中諸天女、以一燈然百千燈、冥者皆明、明終不盡、是以法門、名爲無盡燈、我早已令文殊師利法王子、前往毗耶離大城居士室中借取、敢待來也、生扮目連戴僧帽穿水田僧衣繫絲絛帶數珠持錫杖托鉢盂從上場門上唱

黃鐘宮合曲　南畫眉序　持錫歷陰曹。韻　六殿慈親幸逢了。韻　恁饑軀桎梏、讀　毒火周遭。韻作哭科白　我的親娘呵、唱

纔片刻得接容顏。句　何年月能離苦惱。韻合　虛枵如夣

沉沉杳。韻　長夜幾時能曉。韻作到叅見科如來佛白　目

連、你母親救得未、目連白　弟子趕到六殿、雖得相逢、畢

竟無由救拔、爲此又來仰懇佛慈再施神力、如來佛白

你且。不必悲傷、這事我早已安排下也。雜扮六天女各

戴魔女髮穿宮衣持燈仝從上場門舞上唱

黃鐘調合曲　北喜遷鶯　在波旬　宮中歡樂。韻　早離他五欲盆

膠。韻　塵銷。韻　六根空了。韻恰便似　寶鑑光懸銀漢遙。韻

明皎皎。韻放開時 神通無礙。句收拾起 清淨無淆。韻如來佛白 這是什麽燈、六天女分白 這是葡萄朶燈、這是新卷荷燈、這是雙垂瓜燈、這是初偃月燈、這是腰鼓纈燈、這是幽室見燈、居士特遣我等來應佛召、爲目連照破地獄、張佑大等十人白 啓上我佛、這燈如何能照得破地獄也、唱

黃鐘宮滴耍鮑老 合曲 這是筦鑰齊開爭揖盜。韻 渾不守家中寶。韻爲貪嗔癡部六曹。韻入卽受無分曉。韻菩提種

◎

子焦枯了韻火羅道禍根苗韻燈王那有燐光小韻合
怎能彀陰間照韻雜扮六天女各戴魔女髮穿宮衣持
燈仝從上場門舞上唱
黃鐘調合曲北喜遷鶯在波旬宮中歡樂韻一齊倒兩下蘆
交韻根銷韻六塵空了韻恰便似萬里長空沒半毫韻
清杳杳韻一任他出門是路句不妨那月滿當霄韻如
來佛白這是什麼燈六天女分白這是熱金丸燈這是
塗毒鼓燈這是憋龍氣燈這是蜜塗刀燈這是臥師子

燈、這是入室盜燈居士特遣我等來應佛召、爲目連照

破地獄、目連白啓上我佛、這燈如何照得破地獄也、唱

黃鐘宮合曲南耍鮑老這是六賊相嬈昏又曉。韻閃賺煞英

雄老。韻這甜頭兒着手遭。韻油入麪難清了。韻情風愛

水漫天梟。韻沉六趣不相饒。韻燈王那有燐光小。韻合

怎能彀陰間照。韻雜扮六天女各戴魔女髮穿宮衣持

燈仝從上場門舞上唱

黃鐘調合曲北喜遷鶯在波句宮中歡樂。韻中間的兩手齊

交。韻難描。韻不空空表。韻恰便似寶網千層映日繚。韻金了鳥。韻一絲頭全身並現。句恒沙變差別氂毫。韻如來佛白　這是什麽燈、六天女分白　這是眼識燈、這是耳識燈、這是鼻識燈、這是舌識燈、這是身識燈、這是意識燈、居士特遣我等來、應佛召、爲目連照破地獄、張佑大等十人白　啓上我佛、這燈如何照得破地獄也、唱

黃鐘宮南耍鮑老合曲　這是根本無明覺海泡。韻渾忘却來時道。韻似泥彌魚壞碧滲。韻出入息無停攪。韻常爲六

賊之媒保。韻 風鼓浪欲天滔。韻 燈王那有燐光小。韻合

怎能彀陰間照。韻 如來佛白 目連、却不道三界惟心、萬法惟識、就是你一點救母之念、也從第八識來、怎麼說這光小、便照不破地獄也、法恭弟兄十人、可取燈付與目連者、衆天女合舞科、張佑大等十人向下取燈隨上與目連去、僧帽僧衣隨掛燈科、如來佛唱

黃鐘調合曲 北古水仙子

看看看。格 寶鬘搖。韻 看看看。格 寶鬘搖。疊 似似似。格 迦葉聞琴學舞腰。韻 晃晃晃。格 晃玉

照夜光交。韻　星星星。格　一星兒智火炤。韻　解解解。格　解
千千結歷衝燒。韻　空空空。格大圓澄一鏡恒沙照。韻　爍
爍爍。格爍　毫光燭的長夜曉。韻　把把把。格把　鐵圍山。讀
一霎都衝倒。韻　完完完。格　完你箇。讀　孝子報劬勞。韻　日
連作拜謝科唱
慶餘　相隨又下靈山道。韻　一輪光櫛栗橫挑。韻　從下場
門下內奏樂如來佛下座科眾全唱　你看那　陣陣黑罡
風吹不消。韻　眾弟子擁護如來佛仍全從佛門下眾天

女遶場科從兩場門分下

勸善金科 第九本卷下

第十四齣 夜魔城訴情免罪 家麻韻

酆都門上換寒氷地獄扁雜扮牛頭馬面各戴套頭穿門神鎧持叉雜扮八小鬼各戴鬼髮穿箭袖繫肚囊雜扮八鬼卒各戴鬼髮穿蟒箭袖虎皮卒褂持器械雜扮八動刑鬼各戴監髮額穿劉唐衣繫肚囊雜扮八侍從鬼各穿戴寒氷地獄鬼衣雜扮二判官各戴判官帽穿圓領束角帶持筆簿雜扮金童戴紫金冠穿氅繫絲縧

執旛雜扮玉女戴過梁額仙姑巾穿氅繫絲絛執旛引雜扮第八殿閻君戴閻君套頭穿閻君衣襲氅軟紮扮從酆都門上唱

雙調夜遊湖引

業鏡昭彰堪驚訝。韻論陰曹賞罰無差。韻善惡分明。句從公考察。韻到此地兀誰不怕。韻場上設平臺虎皮椅轉場陞座衆鬼判各分侍科閻君白巍巍寶殿建森羅、造孽衆生受折磨、若問阿鼻何所有、刀山劍樹共灰河、吾乃第八殿平等王是也。蒙玉帝加銜爲無上正度神君掌管黑暗夜魔寒冰地獄凡有第七殿解來鬼犯該墮輪迴者用以嚴刑治罪卽便解往九殿十殿其有永不超生者俱收在俺這夜魔城內受苦鬼卒可將第七殿解來鬼犯帶進來衆鬼卒應科雜扮五長解鬼各戴鬼髮額穿蟒箭袖虎皮卒褂繫虎皮裙持器械全從右旁門上長解都鬼白劉氏快些走上來再若遲延可將銅鎚鐵棒狠狠的打着走旦扮劉氏魂穿破補衫繫腰裙從右旁門上唱

南呂調套曲　一枝花　忽聽得公差兇狠言。句諕得俺遍體上寒毛乍。韻怎禁受這波查。韻堪憐我苦痛自嗟呀。韻長解都鬼白還不快些走麽、劉氏魂唱怎奈這步履身乏。韻苦捱得形衰骨化。韻長解都鬼白若再遲延、與我着實的打、劉氏魂唱怕的是猙獰惡語頓交加。韻一聲兒怒發如雷。句把俺這喘吁吁的魂膽兒來諕殺。韻白我好悔、唱

南呂調套曲　梁州第七　念生前信讒言挑唆非假。韻致令我

改初心意亂如麻。韻呀呀呀守孤幃兀自的嫌淸寡。韻
似這等五更思察。韻夜半沙吒。韻淒涼形狀。句帳紙梅
花。韻呀呀呀因此上獨自箇細思維心意嘈雜。韻因此
上動心猿亂意馬善惡爭差。韻呀呀呀。白誰想這陰司
呵、唱查取這一樁樁罪業難甘罷。韻怎當這明晃晃業
鏡來照察。韻怎敢的口含糊一字虛花。韻作到科長解
都鬼白門上那位在、一鬼卒作出門問科長解都鬼白
劉氏解到了、鬼卒虛白作進門禀科閻君白帶進來、鬼

卒作出門引五長解鬼帶劉氏魂作進門跪見科長解都鬼跪呈公文科閻君作看公文科白劉氏你可把所犯的惡端實實的訴上來劉氏魂白好怕人也唱不禁的牙關厮打韻這虧心事讀敢昧生前話韻細供招並非假韻堪與那鐵案如山定不差韻求寬免刑罰韻閻君白劉氏你要求免刑罰須將生前造惡情緣一一實訴若有一字支吾看刑法伺候衆鬼卒應科劉氏魂白大王爺犯婦聽信兄弟劉賈之言呵唱

南呂調套曲 牧羊關 遣子經商去。句 辭家赴遠遐。韻 任意的欺神滅像罪名加。韻 魆地裏頓開葷狠似羅刹。韻 又把那僧人來作耍。韻 竟將這狗肉做饅頭鮓。韻 將僧舍宇燒作空花。韻 須臾陷害人驚怕。韻 謗僧道俐齒伶牙。韻

閻君白 只是你在生所作的罪業太重了、劉氏魂白 我今追悔無及矣、閻君白 你也自知道追悔麼、劉氏魂唱 諸般受苦在黃泉下。韻 哀求懇望寬刑饒恕咱。韻 閻君白 你在生罪惡滔天、到此陰司、難逃刑法治罪、如何寬

免得你劉氏魂白大王爺念犯婦所過重重地獄諸般苦楚境界俱已受過求大王爺寬刑赦免閻君白你可將所受苦楚容你起來細說一遍使那世上的也知道惡不可爲善當自勉劉氏魂白犯婦自到陰司呵唱

南呂調套曲　四塊玉

苦禁持受責罰。韻見這狠規模魂先化。韻將我這生前罪業大兜搭。韻要我一件件訴出實情話。韻閻君白你申訴罪名之後便怎麼樣劉氏魂唱發遣至望鄉臺。句遥望見是我家。韻那舉家的苦哀哀痛

哭聲相訝。韻閻君白以後又發到那幾處地獄。劉氏魂

唱

南呂調罵玉郎套曲奈河橋高駕在偏僻鏬。韻行了些險峻。句過了些低窪。韻血湖池浩渺教人怕。韻受慾尤都是女俊娃。韻呀呀呀滑油山。句教我難行踏。韻閻君白你的罪業深重、諸般地獄境界、也彀你受用的了。劉氏魂

唱

南呂調元鶴鳴套曲佇凝眸刀山畔劍樹槎枒。韻掛刀頭血

滸零刺。韻則我在孤恓埂讀趕逐似風飄瓦。韻破錢山

讀瞥見了慘淒加。韻又不曾帶錢鈔哀求叱咤。韻又不

敢向公差讀望垂憐去哀告他。韻則可的悄聲兒隱忍。

句一任搥撻。韻閻君白那鬼使們焉肯輕饒你劉氏魂

白那鬼使們呵唱

南呂調烏夜啼套曲

盡把那明晃晃的鋼鋒舉拿。韻見怒生

嗔青面獠牙。韻白若要妄想我還生呵唱則除非千年

鐵樹竟開花。韻到今日做鬼做鬼也親承納。韻渾身上

下。韻帶鎖披枷。韻惟求把攣跧束縛放寬些。叶惟求把

攣跧束縛放寬些。疊則當作饞猫縱鼠慈悲乍。韻早些

兒發落。句寬免饒咱。韻閻君白既然如此哀求、念你重

重地獄諸般經過、俺可免加刑法、鬼卒、可將他解往前

殿去罷、一判官作付公文長解都鬼作接公文科衆長

解鬼帶劉氏魂作出門科劉氏魂唱

【煞尾】這一回訴盡了閻浮話。韻轉向那輪廻赴別衙。韻

愁殺俺又去躭驚嚇。韻也難饒我這罪加。韻那夜魔城

是家○韻白兒嗄、唱你若要尋蹤問跡讀則除是變生靈往陽間去認咱○韻仝從左旁門下閻君下座科白善惡到頭終有報、只爭來早與來遲、衆鬼判擁護閻君仍仝從酆都門下

第十五齣　照徹神燈分般若　庚青韻

生扮目連戴僧帽穿直裰懸佛燈持錫杖托鉢盂從右旁門上唱

仙呂宮正曲　風入松　水程行盡復山程韻　舉步處迅似雲騰韻　仗神燈救母心誠敬韻　到夜魔城只爭俄頃韻　合　緊守着獄門立定韻　要我母出幽冥韻

中呂宮正曲　縷縷金　爲救母句　秉虔誠韻　吾今身掛取句　乃

是佛前燈○韻　來到魔城界○句　普照　光明輝映○韻雜扮衆男女餓鬼各戴氈帽穿破衣衫繫腰裙帶枷杻仝從酆都門上雜扮二皂隸鬼各戴皂隸帽穿箭袖繫皂隸帶隨上作趕拿衆餓鬼科衆餓鬼遶場科仝唱見　紛紛餓鬼走無停○韻合　各自逃生命○韻　各自逃生命○疊仝從左旁門下二皂隸鬼仍仝從酆都門下目連唱

又一體　高聲叫○句　願親聽○韻　我母乃劉氏○句　不敢　喚其名○韻　早出幽冥地○句　脫離苦境○韻衆餓鬼從右旁門上

遶場科全唱見紛紛餓鬼走無停韻合各自逃生命韻
各自逃生命。疊全從左旁門下二皂隸鬼引末扮劉傳
芳戴紮紅紗帽穿圓領束角帶從酆都門上白我王有
令、前殿解來犯鬼、問定永不超生者、收入夜魔城、那輪
迴超生者、解往九殿、十殿令堂問定輪迴、已解往九殿
去也、目連白原來又往九殿去了、劉傳芳白前殿已知
禪師法力甚大、無不駭然驚恐、莫若將燈卸下、此去定
與令堂相見矣、目連白多承指教、劉傳芳白但是我這

獄中的餓鬼盡皆奔逃而散我王知道必然加罪於我如何是好、目連白請問尊官高姓大名、劉傳芳白在下姓劉名傳芳、目連白劉先生我此去得見老母即來面見閻君尊官自有解釋便了、劉傳芳白多感想令堂此去必超生萬古傳流孝善名、目連白正是將軍不下馬果然各自奔前程請了、從左旁門下劉傳芳白快看香案過來、二皂隸鬼應科隨搭香案科劉傳芳白待我求請鍾馗尊神前來收伏鬼犯、作拈香禮拜科白謹此專

心拜叩八殿獄官劉傳芳所爲夜魔城走失餓鬼無數
特請終南山尊神大張神威收伏脫逃衆鬼復歸地獄
頂恩無極正是神威伏鬼魅佛力度幽冥 二皂隸鬼引
劉傳芳仍從酆都門下

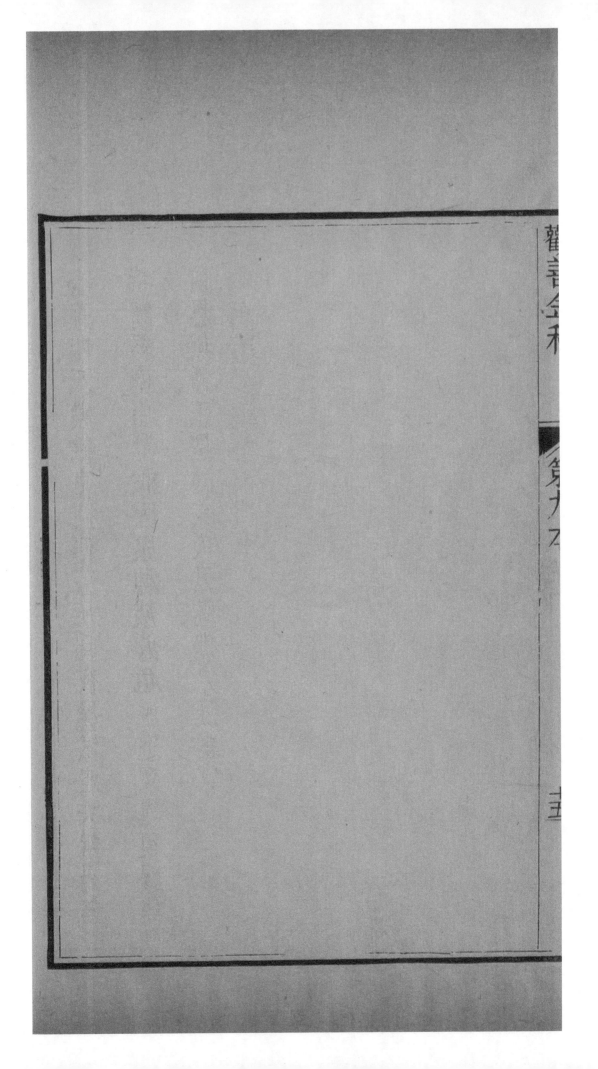

第十六齣　收回鬼魅仗鍾馗

皆來韻

淨扮鍾馗戴鍾馗帽穿圓領紮角帶持笏從上場門上跳舞科雜扮四小鬼各戴鬼髮穿箭袖虎皮卒褂雜扮傘夫鬼戴鬼髮穿箭袖虎皮卒褂執傘全從上場門上鍾馗舞畢科白

凛凛威風白日寒，綠袍象笏畫中看。何人作論名無鬼，一劍從來血不乾。俺乃大唐不第進士鍾馗是也。隱居終南山中逍遙吉祥雲裏爲國家禦魑魅爲生民追惡凶以鬼爲糧逢場作戲適纔蝙蝠來報爲因八殿夜魔城逃脫餓鬼獄官劉傳芳請俺前去衆鬼使俺只索走一遭也衆小鬼應科一小鬼向下牽牛隨上鍾馗作乘牛衆遶場科鍾馗唱

高宮套曲　端正好　俺則怕驚散了北邙人句早整頓這南山宅韻笑當日沒來由碎首金階韻想從來瓊筵第一箇簪花客韻那鬼也論車載韻

【高宮套曲】脫布衫 俺則索跨青牛抵多少得得的走馬花街。韻有時節側烏紗早又是蝙蝠飛來。韻怎定俺仙才也那鬼才。韻好一箇破鍾馗在門兒外。韻

【高宮套曲】小梁州 掛一領綠羅袍稱體裁。韻却不是有甚麼宣差。韻跟着一班兒鬼臉惹的俺笑哈哈。韻一遞里搖鞭快。韻怎不見吏人們接俺狀元來。韻作到下牛科一

小鬼牽牛下隨上末扮書吏鬼戴書吏帽穿圓領繫縧帶從酆都門上白書吏與老爺叩頭、鍾馗白請劉老爺

相見、書吏鬼白 我本官往閻君殿前、回繳案件去了、只因昨被西方聖僧、用佛燈照破地獄、以致惡鬼盡皆逃走、伏乞尊神、威靈收伏、鍾馗白 地獄一空、豈不快哉、怎麼又要拘他俺去也、書吏鬼白 惡鬼逃出、將來必然生事、求老爺收伏的是、鍾馗白 旣如此、也不難、作舞劍步訣科雜扮衆男女餓鬼各戴氊帽穿破補衣衫繫腰裙從兩旁門分上各跪科鍾馗唱

又一體

把一座鐵圍山空鎖在韻你道是再也不來韻

誰知你命乖。韻伊心歹。韻休將咱錯怪。韻你罪孽自應該。韻書吏鬼作趕衆男女餓鬼全從酆都門下書吏鬼隨上白謝爺費心。鍾馗白可曾點名。書吏鬼白已點過名。只是還少八百萬。鍾馗白原來藏躱者盡行拘來。那投胎托生者。不能收來。只待他的命盡之時。收回地獄。書吏鬼白既然如此。尊神請回。待本官回來。卽到臺前叩謝。鍾馗白拜上你爺便了。書吏鬼應科仍從酆都門下鍾馗白帶青牛過來。一小鬼向下牽牛隨上鍾馗作

勸善金科

乘牛科唱

煞尾重牽老子青牛待。韻疑是函關紫氣來。韻歸去把雄心盡改。韻長隱幽崖。韻遠避塵埃。韻穩占取終南不消買。韻衆小鬼擁護鍾馗仝從下場門下

勸善金科第九本卷下

第十七齣 黑獄十重將徧歷 庚青韻

酆都門上換毒蛇地獄匾雜扮牛頭馬面各戴套頭穿門神鎧持叉雜扮八小鬼各戴鬼髮穿箭袖繫肚囊雜扮八鬼卒各戴鬼髮穿蟒箭袖虎皮卒褂持器械雜扮八動刑鬼各戴監髮額穿劉唐衣繫肚囊雜扮八侍從鬼各穿戴毒蛇地獄鬼衣雜扮二判官各戴判官帽穿圓領束角帶持筆簿雜扮金童戴紫金冠穿氅繫絲縧

執旛雜扮玉女戴過梁額仙姑巾穿氅繫絲縧執旛引
雜扮第九殿閻君戴閻君套頭穿閻君衣襲氅軟紮扮
從酆都門上白

森羅氣象本尊崇鐵面無私秉至公塵世衆生多造業
重重地獄幾時空場上設平臺虎皮椅轉場陞座衆鬼
判各分侍科閻君白自家九殿都市王是也昨日八殿
解來鬼犯內有傅門劉氏他兒子乃係西方目連僧只
道劉氏還在八殿身掛佛燈將八殿地獄盡行照破犯

鬼逃走無數。豈知他母親、先到九殿來了。想他今日必
然到此、所以俺先將劉氏這一干犯鬼盡解往十殿去。
他若到此、指示他前行便了。鬼使將劉氏這一干鬼犯、
即速解往十殿、不可遲延。衆鬼卒應科閻君下座科白
佛門法力無邊、森羅律令有術。衆鬼判擁護閻君仍仝
從酆都門下雜扮五長解鬼各戴鬼髮額穿蟒箭袖虎
皮卒褂繫虎皮裙持器械帶旦扮劉氏魂穿破補衫繫
腰裙雜扮二解鬼各戴鬼髮額穿蟒箭袖虎皮卒褂繫

虎皮裙持器械帶雜扮衆男女餓鬼各戴氈帽穿破喜鵲衣衫繫腰裙帶枷杻從酆都門上衆全唱

高大石調正曲【窣地錦襠】

佛燈照破夜魔城。韻衆獄聞知心戰驚。韻不必遲緩早施行。韻合解往十殿不暫停。韻全從左旁門下生扮目連戴僧帽穿水田僧衣繫絛縧帶數珠持錫杖托鉢盂從右旁門上唱

又一體

爲母身掛佛前燈。韻照破黑獄夜魔城。韻誰知母巳往前行。韻合忙來九殿問分明。韻以錫杖卓地科

白
唵嘛呢薩婆訶、一判官從酆都門上白禪師請了、方纔令堂與衆鬼犯一齊解往十殿去了、目連白又解往十殿、果然老娘嗄、指望九殿相見、誰想又解往十殿去了、判官白禪師不必悲啼、令堂受罪已滿、必然超生人世、該生歡喜、何用愁煩、目連白多謝尊官、就此告辭了、判官虛白科仍從酆都門下目連白我不免再往十殿、急急尋覓我母便了、茫茫泉路行難盡、慘慘陰魂尋不來、從左旁門下

◎

勸善金科 第九本卷下

第十八齣 赤心一片乍知非 皆來韻

雜扮四鬼卒各戴鬼髮穿蟒箭袖虎皮卒褂持器械引副扮獄官戴紥紅紗帽穿蟒箭袖襲氅軟紥扮從酆都門上白

執法寘官秉至公稜稜鐵面不和同饒他金穴生前富此地難將賄賂通塲上設公案桌椅轉塲入坐科白自家十殿閻君座下一箇獄官便是陽世則有囹圄狴犴

陰司便是無間阿鼻囚禁雖同慘傷更甚凡是各鬼犯在各殿受遍了刀山劍樹鋸解碓舂種種極刑然後解到俺十殿來較罪業之輕重分人畜之輪廻這是他生前所作死後當償果報循環一定之理且不必提他今日閻君朝參幽冥教主去了尚未陞殿恐有解來鬼犯要下在獄中須索等候正是鐵樹開花還有日圜扉生草是何年雜扮五長解鬼各戴鬼髮額穿蟒箭袖虎皮卒褂繫虎皮裙持器械帶旦扮劉氏魂穿破補衫繫腰

裙雜扮二解鬼各戴鬼髮額穿蟒箭袖虎皮卒褂繫虎皮裙持器械帶雜扮衆女餓鬼各穿破衣繫腰裙帶枷杻從右旁門上衆仝唱

商調引【憶秦娥】人身壞。韻幾番肢體零分解。韻零分解。格業風吹醒。讀一靈猶在。韻

長解都鬼二解鬼各呈公文科白解到女鬼犯一名傅門劉氏併衆女犯鬼閻君尚未陞殿、請發到獄中暫行收管、獄官白曉得了、鬼卒帶往獄中用心收禁、鬼卒應科帶劉氏魂衆女餓鬼仝從

酆都門下獄官白　劉氏已經受過諸般苦楚、只待閻君定罪便了、今既交付明白、爾等仍回冥府、聽候差遣去罷、長解都鬼應科獄官作出座科衆鬼卒擁護仍仝從酆都門下五長解鬼二解鬼白　驚人雖具猙獰貌、服役曾無欺罔心、仍仝從右旁門下雜扮牢頭鬼戴棕帽穿蟒箭袖繫肚囊持器械從酆都門上虛白喚劉氏魂從酆都門上牢頭鬼隨意發諢科仍從酆都門下劉氏魂唱

商調正曲山坡羊 哭啼啼讀 欲求他擔帶韻 怒轟轟讀 不將我寬貸韻 虛飄飄讀 只剩得孤魂句 杳茫茫讀 撇下家緣大韻 閉夜臺韻 諸般帶不來韻 惟餘罪業重重在韻 那鐵算無私讀 償還冤債韻合 愁懷韻 苦悽悽夜更哀韻 陰霾韻 慘昏昏晝不開韻

牢頭鬼復從酆都門上白 你這女鬼犯好生可惡方纔饒了你的打為什麼只管哭哭啼啼攪得合獄中都不得寧靜 劉氏魂白 長官老身只為身滯幽冥受諸痛苦自知罪孽深重無由解脫

不覺失聲悲慟多有驚動了 牢頭鬼白 這是你生前自作之孽當償惡報若再怨尤就要罪上加罪了 劉氏魂白 長官說得甚是今後知罪了 牢頭鬼白 可悄悄在此不許啼哭我到那邊去點閘一番再來 仍從酆都門下

劉氏魂白 我劉氏在生之日以前原也信善只爲後來誤聽讒言以致無惡不作 唱

南呂宮正曲 五更轉 斷善緣 句 開殺戒 韻 論 椿椿都不該 韻 心腸轉變 不是 天生歹 韻 被 惡口挑唆 讀 讒言傾敗 韻

形雖化。句罪不除。句寃難解韻合縱而今痛把痛把前
非改。韻一失人身。讀回頭難再。韻內作風聲鬼嘯科劉
氏魂唱

南呂宮正曲東甌令

陰風刮。句黑霧霾。韻衆女餓鬼仝從鄷
都門上向劉氏魂作搶衣物科劉氏魂唱更兼這餓鬼
爬沙亂撲來。韻和你幽冥同滯無干礙。韻爲甚要相禁
害。韻衆女餓鬼白你到這裏。也該送些錢鈔與我們使
用使用。劉氏魂唱合少什麼陽間燒化的紙錢財。韻寄

不到泉臺。韻牢頭鬼復從酆都門上作趕打衆女餓鬼仍全從酆都門下劉氏魂白我一靈磨折、已經受盡陰司苦楚、但不知將來尚有何罪、也辭不得了。唱

南呂宮正曲　金蓮子　業鏡臺。韻照將罪業難容賴。韻再休想。句奪舍投胎。韻合但得箇免輪廻。讀願生生繡佛奉長齋。韻牢頭鬼白閻君將次要陞殿了、須要靜悄悄的、劉氏魂唱設立這重重地獄。專把誰相待。韻有一等惡人偏

肯自投來。韻　堪歎那度不得的衆生實可哀。韻牢頭鬼

虛白作趕劉氏魂仝從酆都門下

第十九齣　翻公案鐵面無情

先天韻

酆都門上換剝皮地獄匾雜扮牛頭馬面各戴套頭穿

門神鎧持乂雜扮八小鬼各戴鬼髮穿箭袖繫肚囊雜

扮八鬼卒各戴鬼髮穿蟒箭袖虎皮卒褂持器械雜扮

八動刑鬼各戴監髮額穿劉唐衣繫肚囊雜扮八侍從

鬼各穿戴剝皮地獄鬼衣雜扮二判官各戴判官帽穿

圓領束角帶持筆簿雜扮金童戴紫金冠穿氅繫絲縧

執旛雜扮玉女戴過梁額仙姑巾穿氅繫絲縧執旛引
雜扮第十殿閻君戴閻君套頭穿閻君衣襲氅靸鞋扮
從鄷都門上唱

仙呂調套曲　點絳唇

執掌衡權。韻　氷心鐵面。韻　詳推辨。韻　善惡昭然。韻　則業鏡裏分明現。韻　場上設公案虎皮椅轉場陞座衆鬼判各分侍科閻君白　轉輪人獸各歸羣。十殿專司昔所聞。那識生前方寸地。披毛戴角已先分。俺乃第十殿閻君是也。專司輪廻六道。掌握地府威權。報應無差絲毫不爽只是獄底許多鬼犯久未脫生嗟哉此輩受苦鐵城不知何時是了一判官呈簿科白稟上閻君今有九殿解來鬼犯三名一名劉氏一名劉賈一名金奴俱應發入輪迴變爲畜類以償陽世果報閻君白可將劉氏劉賈金奴一并帶過來鬼卒應科向下帶旦扮劉氏魂穿破補衫繫腰裙帶鎖枷副扮劉賈魂戴巾穿道袍繫腰裙帶鎖枷小旦扮金奴魂穿坐衣繫腰裙帶鎖枷從酆都門上全作跪見科鬼卒白劉氏一案

帶到、閻君白　劉氏、你在陰司、雖是受苦已盡、但你殺狗齋僧之罪、不能解釋、今將你暫時變犬還陽、以償惡報、後來自有仙佛垂恩庇佑、未便明言、鬼使帶劉氏速去變犬、一鬼卒應科帶劉氏魂仍從酆都門下閻君白　劉賈在生、騙害多人、又謀占族兄劉廣淵家產、奸惡克頑、現有城隍司、收得陰狀為據、應當變驢、償還宿債、可將他臉上、寫着劉賈變驢四字、曉諭世人、一鬼卒應科帶劉賈魂仍從酆都門下閻君白　犯婦金奴、攛掇主母背晢開葷種種罪業將他貶作母豬以償報應一鬼卒應科帶金奴魂仍從酆都門下閻君白看這些案件雖係椿椿實據罪業應當但此輩墮入畜道好生苦惱也唱

仙呂調套曲 混江龍

你道是陰司簽判叶俺筆尖兒操縱得受生權韻都則是你十因六果句箇裏邪緣韻只為你愛生貪貪生癡癡生嗔一刻心腸八萬轉句到如今胎成卵卵成濕濕成化四生面目百千般叶有那等猛惡獸讀貪而狠他還道是英雄本色句有那等彩華禽讀

美而艷 他還道是才色雙全。韻 也有那翾翾飛蠕蠕動渾似昔寘顛罔覺。句 也有那鱗搧腥牙吹血 到如今怨恨常煎。韻 縱有時形銷骨化。句 總無箇夢醒痾痊。韻 那其間 豈少箇肉身菩薩。句 單只是不屬俺地府曹員。韻 端的是 由心自造。句 幾曾有不造而然。韻 三鬼卒帶一狗一猪一驢從酆都門上遶場科從左旁門下三鬼卒隨上一判官作呈簿科白 稟上閻君這簿書上久未脫生衆鬼俱要貶入輪迴各變飛禽走獸之類 閻君白 快將衆鬼帶上來。八鬼卒應科向下帶雜扮江充魂戴黑貂穿喜鵲衣繫腰裙雜扮董賢魂戴巾穿喜鵲衣繫腰裙雜扮董卓魂戴金貂穿喜鵲衣繫腰裙雜扮許敬宗魂戴紗帽穿喜鵲衣繫腰裙雜扮張昌宗魂戴紗帽穿喜鵲衣繫腰裙雜扮李林甫魂戴幞頭穿喜鵲衣繫腰裙雜扮宋之問魂戴巾穿喜鵲衣繫腰裙雜扮魚朝恩魂戴太監帽穿喜鵲衣繫腰裙從酆都門上仝白 爲善

休悲惡莫誇。只爭遲早不爭差。曾經遍歷陰司苦。狡滑

貪婪怨自家全作跪見科八鬼卒白稟上閻君衆冤鬼帶到衆鬼魂白求閻君寬刑饒恕閻君白爾等衆孽鬼生前作惡多端已受盡重泉之苦今當脫生輪迴各變飛禽走獸衆鬼魂白多謝閻君閻君白江充貶你做箇杜鵑鳥兒口內終日流血以彰讒言之罪董賢貶你做箇猴猻兒比你生前善能攀援董卓你一生名利迷心不顧後患貶你做箇撲燈蛾兒許敬宗貶你做箇花狸猫兒比你笑中有刀張昌宗貶你做箇蝴蝶兒吸蕊尋

香忙箇不了李林甫貶你做箇大蟒蛇以彰狠毒之報宋之問貶你做箇鸚哥兒雖有語言文采只是不離扁毛畜類魚朝恩你身爲宦官妄自尊大貶你做箇綿羊衆鬼魂作謝科閻君白衆孽鬼各分兩旁聽俺道來衆鬼魂各分跪科閻君唱

仙呂調套曲 油葫蘆

杜鵑呵叫破空山血不乾叶白袁公善攀援讀撲燈蛾心頭火熾然韻常向那火光抵死心留戀韻恁做箇會銜蟬捕鼠貍奴健韻更有那吸蕊尋香

粉蝶便韻在錦香叢不住的穿韻喃舌蛇深山見韻喜的是鸚䳇能言話連綿韻鬍髯郎本無髯只因你業重身輕髯見見韻白快將這廝們變了禽獸領來查驗分明、八鬼卒應科帶衆鬼魂仍從酆都門下生扮目連戴僧帽穿水田僧衣繫絲縧帶數珠持錫杖托鉢盂從右旁門上白來此已是十殿、作進門相見科白閻君稽首閻君白原來是位聖僧爲何到此、目連白我爲救母重重地獄俱已尋遍未得見面因此尋到這里來望閻君方便使我母子相見感恩非淺閻君白聖僧之言實是孝心所感非俺不行方便適纔巳將令堂劉氏變犬還陽去了目連白娘不免再往陽間尋覓便了作出門科從左旁門下閻君白俺這森羅地府報應無私賞善罰惡並沒有纖毫虛枉唱

仙呂調套曲 天下樂 一任的暴戾兇頑天理捐韻邪也麽奸叶嫉能妒賢韻恣貪饕罔上爲不善韻少不得明鏡前心膽寒叶血盆中魂魄顫韻只怕自此輪迴不住轉韻

八鬼卒帶衆飛禽走獸從酆都門上衆鬼魂内白　多謝閻君將我等貶做飛禽走獸蟲類等物如今復往陽世好快活也　閻君白　你們這班孽畜也不要快活盡了　唱

仙呂調套曲　哪吒令　覷伊行　喪真形可憐韻　獸和禽蠢然韻　一羣的厮牽韻　去塵寰市廛韻　草蟲兒翅掀韻　傍荷根露邊韻　有甚的歡喜緣韻　有甚的歡喜緣疊　是這般前身變韻　到人世　少不的命難全韻　衆鬼魂内白　我等哀求閻君目今雖變畜類轉回陽世未知如何修省纔得

復轉人身 閻君白 你們這般孽鬼好生愚昧也自古千
年鐵樹開花易要轉人身萬劫難 唱
仙呂調套曲 鵲踏枝 畜隊裏性靈偏韻無知類人蹂踐韻從
今後離隔人天韻幾千劫業海沉湎韻倒也波顛韻那
眞吾誰見韻對人兒有口難言韻 衆鬼魂內白 依閻君
講鬼犯身陷孽境萬劫難回矣 閻君白 也只要你頓省
本來面目你也無欠無餘若有一點善心想去濟人利
物便也頓棄劣軀還生人道聽俺吩咐 唱

仙呂調寄生草
套曲

望帝春深怨韻袁公樹杪拳叶撲燈蛾向火何須戀韻烏貍粉蝶在花陰轉韻蟒蛇碭下藏身遠韻便你鸜鵒能言不離禽句則這綿羊好做東厨膳韻八鬼卒帶衆禽獸從左旁門下八鬼卒隨上閻君出座隨撤公案科閻君唱

煞尾

願人間種德心田善韻那怕森羅十殿韻須知道改過還能感上天韻衆鬼判擁護閻君仍仝從酆都門下

第二十齣　赴輪迴驢頭有字　古風韻

丑扮劉保戴氈帽穿喜鵲衣繫腰裙從上場門上白

世事無憑似轉蓬幾人富貴幾人窮我今乞食君休笑當日曾經做富翁自家乃劉賈之子劉保的便是我表兄羅卜出家修行一分家業盡是益利掌管此人忠厚老實我曾受他周濟多番難以再去告求寧可往外乞食度日不免到清溪鎮告求則箇正是一日不識羞三

日喫飽飯、從下場門下外扮仰獻戴氊帽穿道袍從上場門上唱

雙調正曲字字雙　驢子人家萬萬千韻常見韻我家驢子却希罕叶人變韻只因劉賈欠銀錢韻天譴韻合勸君切莫用花言韻誆騙韻誆騙疊白小子姓仰名獻、清溪河頭開店、只因買賣艱難、買箇驢子磨麵、今日天氣晴明、不免開張店面、則箇店小二、內應科仰獻白這樣時候也該出來打掃店面了、內白店小二出外飲驢去了、仰

獻白既然不在家、待我自已來罷、正是不將辛苦藝、難動世間財、末扮益利戴羅帽穿道袍繫鑾帶帶數珠從上場門上白酒中不語是君子、財上分明大丈夫、我家所用齋僧奉佛的貨物、盡都向仰店中支用、今日到此與他算賬、不免就去、這裏已是仰店、主在家麼、仰獻作出門科白原來是傅掌家、作引益利進門科場上設桌椅仰獻白請坐、到此何事、益利坐科白特來與你算賬、仰獻白如此少待、待我取出賬簿來、向下取賬簿隨上

益利白 你將賬上一并細細算清、所有多少銀兩、待明後日一總還清便了、仰獻白 是了、待我算清了、結一總數就是了、劉保從上場門上白 從來不敢怨天公、只恨區區命運窮、乞丐街頭無可奈、還愁玷辱舊門風、益利白 外邊好像劉小官聲音、待我看來、起隨撤桌椅科仰獻虛白從下場門下益利白 你可是劉小官麼、劉保虛白作躲避科益利白 我認得你、怎麼不是、劉保白 益主管我父母在時、喚做劉保、愛如掌上之珠、父母喪後、喚做現世報蒙你周濟多次不好再見你的尊面只得在此求乞今見你來我就裝箇醜相使你不認得混過去罷誰想我相貌生成一時難變被你瞧見了益利白好苦狀可憐可憐雜扮店小二戴氈帽穿喜鵲衣繫腰裙牽驢從上場門上益利白看這驢兒頭上有字待我看來作看科白劉賈變驢原來是劉舅變為驢了店小二虛白從下場門下劉保作牽驢科白天下同名者也多那知就是我父親變為驢子了驢兒你若是我劉保的

父親將我的帽子銜起來。作將帽抛地下驢銜帽科劉

保唱

中呂宮正曲 駐雲飛驚歎躊躇。韻 何事吾爹變作驢。韻 四字

堪爲據。韻 變畜今相遇。韻 嗏。格 痛得我淚如珠。韻白 父

親變驢。今後有人見我。都說那驢子過出來的了。唱 怎

當這狂言惡語。韻 我有人心。讀 豈不生惶懼。韻白 益主

管。今日在此偶遇。沒奈何。唱合 望救吾爹出此途。韻益

利唱

◎

又一體　不用嗟吁。韻　積善之家慶有餘。韻白　舅爺、唱　作
事多差誤。韻　勸姐多譏語。韻　嗏。格　因此到酆都。韻　却變
爲驢。韻白　那不善之家、唱　必有餘殃、讀　受此多般苦。韻
合　須念彌陀救度渠。韻白　仰店主有請、仰獻仍從下場
門上白　此位爲何如此悲泣、益利白　上告仰店主得知、
適纔見驢頭上有字、乃是劉舅所變、卑人今欲求買、敢
請價值幾何、仰獻白　齋公分上、决當奉送、不敢言價、益
利白　好說、一定要奉價的、仰獻白　豈有論價之理、益利

白　如此說多謝多謝劉小官你可帶了此驢到我家中住下日則看經夜則看驢衣食之類一一是我供給便了。劉保白　感謝不盡。仰獻白　今日益利哥如此方便將老漢之心感動從此發願修行一事而三善深爲大功德也。益利唱

慶餘　迷中偶爾來相遇。韻仰獻唱把　換面改頭的人兒認取。韻劉保唱從此後　懺悔蓮臺但願得　罪業除。韻各虛白從兩塲門分下

第二十一齣　紫竹林妙闡宗風　先天韻

雜扮四揭諦各戴揭諦冠穿門神鎧持杵仝從上場門

上唱

中呂調合曲　北粉蝶兒

護法諸天。韻俺是箇護法諸天。疊長趨侍翠巍巍靈巖神巘。韻有時裏蓮座旁恭聽那妙諦洪宣。韻喜見這墜天花。句翻貝葉。句法筵大建。韻白我等南海落伽山、觀世音菩薩座下衆揭諦是也今早奉菩薩法旨、有孝子目連僧、虔心救母、今日到此、祈求菩薩、叩問消息、命我等在山前接引、此時敢待來也、須索上前應候者、唱纔離了談經的。紫竹林邊。韻回望那出院來香雲片片。韻全從下場門下生扮目連戴僧帽穿水田僧衣繫絲縧帶數珠持錫杖托鉢盂從上場門上唱

中呂宮合曲　南好事近

善惡有根源。韻果報由來難免。韻生前罪業。句怎脫得輪迴一轉。韻白我目連、多蒙世尊指

示到陰司救母歷遍十殿知我娘親變犬還陽痛恨無極我今想來須得重到陽間求問觀音菩薩方能救取爲此特來普陀巖虔誠叩問唱重來法座。句把就中讀消息求分辨。韻

四揭諦從上場門上白護法惟應修淨業蕩魔猶復露雄心聖僧請了

目連白諸位尊神

四揭諦白聖僧到此想是要求見菩薩我等奉有法旨在此接引

目連白原來如此多有勞待了

四揭諦白菩薩在紫竹林中請隨我等向前進見

唱合欲將那懇摯情申。

句　還把這處誠心展。韻全從下場門下場上設祥雲帳幔隱設紫竹山林小生扮善才戴線髮穿善才衣小旦扮龍女戴過梁額仙姑巾穿宮衣各在山巖侍立科旦扮觀音菩薩戴觀音兜穿自在觀音衣在山洞趺坐科隨撤祥雲帳幔科觀音菩薩唱

中呂調合曲　北石榴花　俺可把慈雲法雨布三千。韻度衆生的願力浩無邊。韻只看這庭羅寶樹讀座擁金蓮。韻莊嚴觀自在。句微妙本天然。韻白我乃觀世音菩薩是也

今有目連虔心救母歷遍陰司那知其母罪業重大已經變犬還陽那目連又到這裏叩問其事待彼來時我當明白指示與他便了唱無奈他母和兒句無奈他母和兒疊幽冥路不相見韻枉把那地府搜穿讀陰司尋遍韻當不得狠閻羅句當不得狠閻羅疊執法無情面韻直要得償完宿業方得再生天韻四揭諦引目連從上場門上仝唱

中呂宮合曲 南好事近 中天韻慧日一輪懸韻照徹了隱微

幽顯。韻楊枝露灑。句遍法界宗風大闡。韻作到科目連

作叅拜科白菩薩在上弟子目連叩見四揭諦仝唱向

蓮臺頂禮。句看慈雲讀影裏金身現。韻合證菩提功行

俱完。句具慈悲願力非淺。韻目連白弟子向蒙菩薩指

示拜求我佛蒙賜芒鞋錫杖又蒙地藏王菩薩賜以鉢

盂繼而我佛又賜有神燈照徹幽冥總不能救取我母

聞得今已變犬所以特來叩問求菩薩慈悲指示觀音

菩薩白目連只因你母生前造業太重所以如此唱

中呂調合曲
北鬪鵪鶉　若要得罪業消除。句若要得罪業消
除。疊必須把寃愆償遍。韻直待取戴角披毛。句直待取
戴角披毛。疊纔能彀改頭換面。韻還虧恁感格神天的
孝念堅。韻破幽暗徹重泉。韻再不向鬼籙沉淪。句再不
向鬼籙沉淪。疊管穩在人間活現。韻目連白雖是如此、
唱　但不知我母所變之犬、今在何處、還求菩薩明示端詳、
中呂宮合曲
南千秋歲　痛難言。韻痛母氏形軀變。韻却教我

如何分辨。韻縱使相逢。句縱使相逢。疊也認不出。讀在陽間舊時顏面。韻合地獄裏。讀空回轉。韻天涯外。讀將歷遍。韻終究難尋見。韻不由人愁腸欲斷。讀血淚如泉。韻觀音菩薩白不用感傷。你母所變之犬。現在西平王之子李公子宅內。他即日出獵郊外。你到那裏便能相會矣。唱

中呂調　北疊字令

合曲　却不肯歸來化鶴。句倒做了還家變犬。韻伴着那獵騎馳。句趕的這狡兎遠。韻他雖不能言。

句見汝應依戀韻總仗着佛力無邊韻喜得箇時節因
緣韻喜得箇時節因緣疊永離畜道句人身重轉韻再
不用恁上窮碧落下黃泉韻目連白多謝菩薩指示弟
子就此拜辭前去也唱
南慶餘慈悲爲念多方便韻指明了後果前因只片言韻
韻作拜別科從下場門下觀音菩薩唱但看這人獸關
頭只用取一換轉韻場上設祥雲帳幔隱撤紫竹山林
科觀音菩薩善才龍女暗下四揭諦遶場科全從下場

門下

第二十二齣　清溪口哀尋變相　古風韻

雜扮四軍卒各戴鷹翎帽穿箭袖卒褂雜扮八將官各戴紥巾額簪雉尾穿打仗甲帶櫜鞬雜扮八獵戶各戴鷹翎帽紥包頭穿箭袖繫肚囊持棍引小生扮李公子戴紫金冠簪雉尾穿打仗甲帶櫜鞬從上場門上唱

仙呂調套曲【點絳唇】俺嚴親　貴顯當朝。韻見超物表。韻把兒曹教。韻逸莫忘勞。韻文武須兼造。韻白【臨江仙】未表食牛豪邁志沉埋射虎雄威封侯畢竟遂吾圖雲臺諸將後廟像許誰摹到處爭鋒持畫戟怒來叱咤喑嗚千人辟易氣消磨不須黃石畧只用論孫吳自家西平王之子是也俺爹爹翦除朱李二賊平定回紇進封王爵職掌兵權我聞古者寓兵於農寓陣於獵故因獵以訓軍旅今在少華山打獵衆軍士聽吾號令勿諠譁以惑衆勿怠惰以偷安勿詭遇以獲禽勿焚林而害物違吾令者軍令施行各帶鷹犬就此起程 衆應科一軍卒白 告

稟公子、三月前老犬生下小犬、如今身壯力健、牽來隨老犬行圍如何、李公子虛白科四軍卒向下牽犬臂鷹隨上衆遶塲科全唱

仙呂調套曲 混江龍、

這番獵較韻藉鷹犬演習着豹略與龍韜韻可臂着蒼鷹白鶻韻可牽着黃犬青獒韻趨趨的都騎戰馬句閃閃的都掛征袍韻須帶着强弓硬弩句利劍鋒刀韻雷轟金鼓句電掣旌旄韻軍過處好一似半空飛雨雹韻勢如巨海湧風濤韻衆軍卒白告稟公

子獵場將近。李公子唱衆軍的挽着雕弓掛寶刀。韻將獵犬放開金鎖。句把海青解散絨絛。韻衆應遶場科仝從下場門下雜扮虎穿虎切末從上場門上跳舞科四軍卒八將官仝從上場門上作將虎打倒科衆扛虎仝從下場門下雜扮熊穿熊切末從上場門上跳舞科一獵戶從上場門上作將熊打倒科四軍卒從上場門上扛熊仝從下場門下八將官引李公子從上場門上衆遶場科仝唱

仙呂調套曲　元和令

歡聲沸振九霄。韻看金鐙玉鞭敲着。韻那天鵝飛上碧雲霄。韻喜的是那海青流星般趁好。韻

四軍卒八獵戸從兩場門分上仝作跪稟科白　稟公子、打得虎一隻、熊一隻、其餘山禽野獸、不計其數、李公子白　就此收獵者、衆應科李公子唱

可供籩豆與充庖。韻謾道我及時行樂。韻將貔貅都在獵中操。韻

衆遶場科仝從下場門下生扮目連戴僧帽穿水田僧衣繫絲縧帶數珠持錫杖托鉢盂從上場門上唱

雙調鎖南枝 正曲

因救母句苦萬千韻撇離鄉井十六年韻到十殿問根由句夘我娘已變犬韻白昨蒙觀音菩薩指示着我到清溪渡口必遇我母但願佛天保佑滚白伏望賜周全早使娘相見內放犬從上場門上科目連唱合聽犬吠句聲呌喧韻滚白搖頭擺尾向我前唱莫非是娘親句來會孩兒面韻白菩薩指示決非虛謬唱

又一體

痛得我句珠淚漣韻分明是我娘親變韻幸得偶相逢句慶幸果非淺韻合娘須隨我句返故園韻容

孩兒。句再追薦。韻作帶犬科從下塲門下

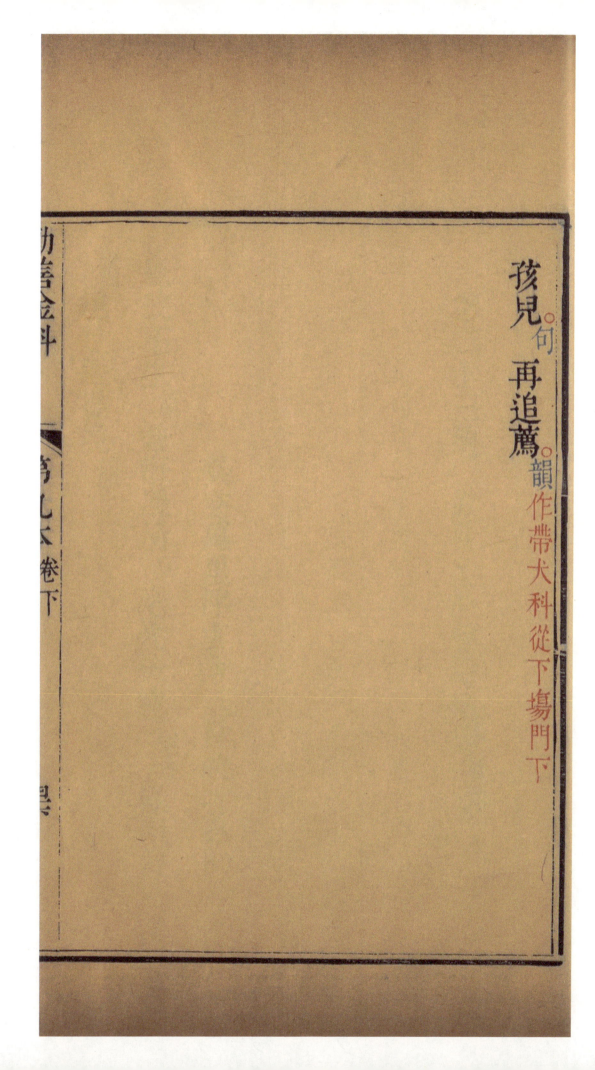

觀善金科

第九本

号

勸善金科第九本卷下

第二十三齣　度衆生形聲幻化　古風韻

小生扮善才戴綫髮軟紮扮持淨水瓶小旦扮龍女戴過梁額仙姑巾穿宮衣臂鸚哥引旦扮觀音菩薩戴觀音兜穿蟒披袈裟帶數珠持拂塵從上場門上唱

仙呂宮正曲　步步嬌　長空萬里浮雲淨。韻　月映娑婆影。韻　無風波不生。韻　香海澄清。句　毫光掩映。韻合　極樂普陀名。韻　總是菩提境。韻　內奏樂場上設金蓮寶座轉場陞座善才龍女各分侍科觀音菩薩白水在溪中月在天水月無非妙自然幻中幻出莊嚴相誰識菩提一朶蓮吾乃大慈大悲救苦救難靈感觀世音菩薩是也今當二月十九日是我誕辰只見皓魄騰輝瑶空散彩果然人天胥慶也善才龍女白仰啓世尊那塵世上貴賤賢愚怎得超出三界脫離塵緣觀音菩薩白那些塵世衆生勞勞如夢不知空花世界何由直登彼岸我今有箇權巧方便之門顯示衆生若能識破其中趣立地須成極

樂人此乃淨土法門之權要也善才龍女白謹遵慈旨

觀音菩薩唱

越調正曲 憶多嬌

方便門韻變化身韻萬億百千普度人韻度盡衆生登妙品韻合指月艮因韻指月艮因疊救苦慈悲世尊韻

蓮座上作現五彩祥光科觀音菩薩暗下淨扮番相觀音菩薩戴觀音膃腦穿蟒披袈裟帶數珠騎白鶴切末從上場門上遶場科從下場門下老旦扮魚籃觀音菩薩戴魚籃冠穿魚籃衣持魚籃從上場門

上唱

雙調正曲 清江引

心蓮一朵千枝映。韻幻化須臾頃。韻豎窮三際生。韻橫徧十方景。韻善才龍女稽首科魚籃觀音菩薩唱合偶現這魚籃世尊如電影。韻從下場門下副扮化身觀音菩薩戴套頭穿靠持杵騎異獸切末從上場門上遶場科從下場門下蓮座上作漸收五彩祥光科現出小旦扮千手觀音菩薩戴僧帽紮五佛冠穿宮衣暗上坐蓮座上唱

又一體

一彈指頃千千手。韻心無手何有。韻下座隨撤金蓮寶座科千手觀音菩薩唱芥子須彌收。韻火坑蓮池救。韻善才龍女稽首科千手觀音菩薩唱合偶現這千手世尊慢。稽首。韻全從下場門下

第二十四齣　祝無量仙佛同叅　歌戈韻

雜扮五十六羅漢各戴僧帽紥金箍穿箭袖繫肚囊紥絛縧從兩場門分上跳舞科仍分下隨披袈裟帶數珠仝從上場門上白

靈山羅漢會降龍、靜裏叅禪苦用功、欲問西來大宗旨、一輪明月照虛空、我等奉佛之命、特來南海、慶賀觀音聖誕、就此恭同向前叅見、各分侍科雜扮四沙彌各戴僧帽穿僧衣披袈裟帶數珠小生扮善才戴線髮軟紮扮持淨水瓶小旦扮龍女戴過梁額仙姑巾穿宮衣臂鸚哥引旦扮觀音菩薩戴觀音兜穿蟒披袈裟帶數珠持拂塵從上場門上唱

雙角套曲【新水令】高懸慧日照娑婆。韻　大千遙包成一箇。韻

寶珠開妙相。句　金粟現維摩。韻　於意云何。韻　願閻浮界盡證了菩提果。韻

內奏樂場上設金蓮寶座轉場陞座衆弟子各分侍科衆羅漢作參拜科全唱

雙角套曲　駐馬聽

感應身多。韻 感應身多。疊 周八萬由旬只刹那。韻 慈悲願大。韻遍三千法界總彌陀。韻俺可也齊齊合掌誦南無。叶 虔誠頂禮蓮花座。韻 展貝多羅。韻 法筵前、讀 長見那天花墮。韻各分侍科雜扮八仙女各戴過梁額仙姑巾穿宮衣捧壽菓霞觴引老旦扮西池王母戴鳳冠仙姑巾穿蟒束玉帶帶數珠從上場門上仝唱

雙角套曲　沉醉東風

齊跨着青鸞白鶴。韻 相率取月姊星娥。

韻　灑雲衢（喜）晨露輕霏。（句）馳電轂（笑）曉霞碾破。（韻）早望見　聳雲中嵐影嵯峨。（韻）一點青山擁髻螺。（韻）又來到落伽巖左。（韻）作到科八仙女白　王母到、觀音菩薩下座作迎西池王母各見禮科衆羅漢白　王母稽首、西池王母白　衆位勝常、今逢壽誕、吾今特捧蟠桃、前來慶祝長生、觀音菩薩白　多謝厚意、善才龍女、看甘露過來、善才龍女應科場上設桌椅觀音菩薩西池王母各坐科八仙女獻壽菓霞觴科衆全唱

雙角套曲　鴈兒落

謾道是綻桃實　三千年歲月多韻可知道

拜蓮臺　億萬載春秋大韻但願得　年年來頌揚句好准

備　歲歲同稱賀韻

雙角套曲　得勝令

也不索申　華封三祝訖韻也不索誦　天保

九如歌韻不壞身與　天地同悠久句無量壽比　恒河沙

更多韻知麽韻壽　筵前用不着　笙歌聒韻　聽波韻法座

旁自有那　梵唄和韻觀音菩薩西池王母各起隨撤桌

椅科西池王母白　慶賀已畢敢借香山勝景一翫、觀音

菩薩白 既如此。衆羅漢。一齊同到香山。奉請王母賞翫勝景。衆應科場上設香山衆擁護觀音菩薩西池王母遶場科全唱

雙角套曲 沽美酒帶太平令 沽美酒全 好相將上普陀。韻 好相將上普陀。疊 穿雲磴入烟蘿。韻 俺可也 沿路留連謾打睃。韻 襲衣裾嵐翠撲。韻 礙峰巒林烟鎖。韻 太平令全 菩提樹種成智果。韻 薝匐花開將艷朶。韻 拂林梢香風婀娜。韻 抱山腰祥雲襯托。韻 俺呵。格 抹過了巖阿。韻 磵阿。韻 齊

上取巍坡○韻峻坡○韻呀○格一望裏天空海濶○韻衆羅漢白已到香山請王母觀翫、衆各作上山科唱

佛偈

波羅波羅○韻只聽得雲端細樂○韻金磬齊敲○句又聽得○讀鷃哥演摩訶○韻山鳥和波羅○韻咀多摩訶○韻唎囉嗲唎娑婆○韻嗲唎娑婆○韻西池王母白果然好景實乃南海第一山也、衆全唱

雙角七弟兄套曲

喜聖境乍過○韻見瑞應正多○韻滇渤海不揚波○韻從今後人天法界咸安樂○韻只要得六時靜裏

工夫做。叶　可知佛在心頭坐。韻衆各作下山科唱

煞尾　竪空拳、讀　此意有誰參破。韻會得那　宗旨兒、讀纔

能稱較可。韻倘遇着　逃時節、讀　便是飯蒸沙。句到了那

悟得來、讀　方知燈是火。韻衆羅漢擁護觀音菩薩西池

王母仝從下場門下

勸善金科第十本卷上

第一齣　沐天恩六道騰歡　庚青韻

酆都門上換度盡衆生匾雜扮四判官各戴判官帽穿蟒箭袖卒褂仝從酆都門上唱

羽調引　清平樂　大地衆生。韻　春臺喜共登。韻　玉勅朝來傳太清。韻　恩光下及幽冥。韻　分白　鬼神莫道理難窮、陽世陰曹事本同、恩詔一封天上降、從今地獄果然空、仝白

我等十殿獄判是也、前因聖僧目連、將佛燈照破夜魔

城放走了永不超生惡鬼八百餘萬閻君正在索取之際茲因天下蕩平廣頒赦詔十惡之外咸赦除之陰陽一理天人無二因此上帝命太乙救苦天尊與玉虛神君前來按獄釋放只得在此伺候雜扮四仙童各戴仙童巾穿氅繫絲縧執旛引外扮太乙天尊小生扮玉虛神君各戴蓮花冠穿蟒束玉帶從昇天門上衆全唱

仙呂宮正曲　八聲甘州

慈雲輝映韻看十方三界讀普現光明韻心蓮業鏡韻慈航寶筏同登韻願世人齊上天堂

境。韻笑 陰府空存地獄名。韻合 衆生。韻 喜從今永脫幽冥。韻四判官作迎接科隨向內請衆閻君科雜扮牛頭馬面各戴套頭穿門神鎧持叉雜扮八鬼卒各戴鬼髮穿蟒箭袖虎皮卒褂引雜扮十閻君各戴冕旒穿蟒束玉帶從酆都門上作迎接科場上設平臺隨椅太乙天尊玉虛神君轉場陞座科衆閻君白 二位天尊我等叅禮。太乙天尊玉虛神君白 列位少禮。今奉恩詔大赦罪囚。陰陽一理。上帝命我等協同十殿閻君遍查地獄。其

已逃往陽世者、悉免追尋、未經放出者、咸與超脫、衆閻君白　我等謹遵法諭、一體施行、場上設平臺隨椅衆閻君各陞座科衆全唱

中呂宮正曲　山花子　九天詔旨宣傳命。韻赦多囚頓得超生。韻惡地獄俄爲化城。韻荷天恩特勅查淸。韻合也何分罪過重輕。韻從今超脫衆罪名。韻慈航寶筏相引領。韻旭日無私、讀照耀光明。韻八鬼卒從酆都門下帶雜扮病餓男女鬼各戴氊帽穿破喜鵲衣衫繫腰裙上跪見

科太乙天尊玉虛神君衆閻君白　爾等幸逢恩赦已得
脫生、須當要做好人、唱

又一體

上天恩澤無差等。韻　萬方族類咸亨。韻　謝天公
恩隆滿盈。韻　依然是雲白天青。韻衆鬼魂作叩謝科從
左旁門下太乙天尊玉虛神君衆閻君唱合　也何分罪
過重輕。韻　從今超脫衆罪名。韻　慈航寶筏相引領。韻　旭
日無私。韻　照耀光明。韻八鬼卒從酆都門下帶各種走
獸飛禽上科太乙天尊玉虛神君衆閻君白　爾等雖入

禽獸之域、必當廣沐天赦之恩、可各覓高林大澤、安身去罷、場上放生科衆仝唱

中呂宮正曲　紅繡鞋

德輝普照光明。韻光明。格恩波遍及生靈。韻生靈。格各下座隨撤平臺椅科衆仝唱香霧靄。句慶雲横。韻芝蓋下。句羽輪停。韻合知造化。句荷生成。韻幽冥赦罪圜扉釐。韻皎日當空萬里明。韻從此後

慶餘

萬類熙熙樂太平。韻衆閻君作送科四仙童引太乙天尊玉虛神君仍從昇天門下衆鬼判擁護衆閻君仍從

酆都門下

都言全禾

第一本

四

第二齣　聆帝旨一門寵賜　古風韻

佛門上換靈霄門匾雜扮二仙童各戴仙童巾穿氅繫絲縧捧玉簡引外扮傅相戴朝冠穿朝衣束玉帶從昇天門上唱

中呂宮引　柳梢青　身居仙境。韻心跡俱清淨。韻尚有牽情。韻怎奈我荆妻不幸韻白踏莎行　渺渺雲程、巍巍天府、逍遙快樂超今古、由我修行積德來、勸君早上菩提路、九

地幽魂一抔宿土陰陽兩隔無由晤念取當年百夜恩
救他此際千般苦吾神傅相原居陽世盡修齋奉佛之
功今在天曹享勸善太師之職佛經云此身不向今生
度更向何生度此身堪歎我妻劉氏背誓開葷死後遍
受重重地獄之苦多蒙佛慈點化吾兒方知他母墮落
陰司便往西天求佛濟度我意欲相救奈因無計可施
目今安人罪限將滿天恩大赦我不免將此事奏知玉
帝使安人早脫幽冥孩兒早成佛行仙童看玉簡過來

仙童付玉簡科仍從昇天門下傳相白　待我前去奏聞

玉帝便了、閶闔開黃道、衣冠拜紫宸、幽冥皆濟度、天地一家春、場上設高臺帳幔桌科雜扮二値殿將軍各戴卒盔穿門神鎧執金瓜從靈霄門上侍立科內白　來者何神、有事者奏、無事退班、傳相作舞蹈科唱

中呂宮正曲　駐雲飛

搢笏摳衣。韻　誠恐誠惶奏玉墀。韻　未及將言啓。韻　難揾雙垂淚。韻　嗏。格爲　只爲罪冤妻。韻　干犯天威。韻　罰在陰司。讀　受盡多狠狽。韻合　伏乞吾皇降宥

之○叶內白　據爾太師所奏死者可憫生者可嘉卽召殿
前飛虎將軍聽旨、傳相作起侍科雜扮飛虎將軍戴卒
盔穿門神鎧從上場門上白　臣見駕、內白　汝可作速宣
召三官到此恭聽玉旨、飛虎將軍白　領旨太師且在天
門外伺候、仍從上場門下傳相白　天風吹下御爐香日
照仙袍紫霧光只待三官陳奏對榮封光耀滿門牆、從
下場門下生扮天官末扮地官外扮水官各戴朝冠穿
朝衣束玉帶執笏仝從上場門上唱

黃鐘宮引　玉女步瑞雲　玉詔傳宣。韻早詣珠宮寶殿。韻捧天閶紅雲千片。韻全作舞蹈科白　臣等三元三品三官朝見、願聖壽無疆、內白　玉帝有旨、問取三元三品三官、可將傳門劉氏在生所行之事、一一詳細奏來、三官白　聖壽、唱

中呂宮正曲　駐馬聽　臣奏天聞。韻劉氏行爲特不仁。韻只爲他不遵夫命。句不敬神祇。讀殺犬開葷。韻重重地獄受災迍。韻椿椿罪業難容隱。韻合不僅是泉下沉淪。韻更

已還陽變犬、讀報應適準。韻內白再問羅卜、行事何如、

三官唱

又一體 傳宅艮因。韻羅卜爲人孝行純。韻都只爲世人癡蠢、句不孝爹娘、讀不敬鬼神。韻故教他跋涉救慈親。韻把重重地獄都遊盡。韻合傳與世人、讀救親當以他爲憑準。韻內白既是善孝之門、合當賜爵褒封、三官白聖壽小神等尚有一事啟奏、內白奏來、三官唱

又一體 曹氏釵裙。韻匪石爲心語謹遵。韻他曾與傳門

聯聘。句因羅卜尋親讀未配婚姻。韻他不從再嫁守終身。韻自甘削髮空諸蘊。韻合今入空門。韻望聖恩普賜讀旌揚善信。韻內白玉旨下詔曰惟德動天惟天眷德今見孝子傅羅卜虔心救母念已釋家門下爲僧當聽釋迦文佛指授菩薩之位劉氏封爲勸善夫人貞女曹氏未婚守節善孝兼全封爲蕊珠宮圓通端淑貞人益利封爲仙宮掌門大師鍊師張氏明心見性煉氣修貞封爲瓊華宮慈濟惠元貞人於戲覺路同登卽已超凡入聖、善人畢集、當遊佛土天宮、火坑化作蓮臺、不離方寸之地、惡業全成善果、卽在剎那之間、卽着勸善太師率領前往、俟其遊覽已畢、再當接引至忉利天宮、永享長生之樂、欽哉謝恩、三官仝作謝恩起侍科二值殿將軍仍從靈霄門下隨撤桌帳科傳相從下場門上白多謝三位尊神、三官白恭喜太師榮荷褒封、傅相白好說、恩澤自天垂、三官白封章奏玉墀、傳相白今朝得濟度、仝白天道本無私、傳相從昇天門下三官從上場門下

勸善金科　第十本卷上

第三齣　彈血淚重經故壠　庚青韻

末扮益利戴羅帽穿道袍帶數珠持拂塵從上場門上

唱

正宮引　朝中措　東人一去歲頻更。韻終日苦牽縈。韻代主孳孳爲善。句此心久愈虔誠。韻白燭熖香烟靄佛堂。感時懷主思茫茫。淚痕多似春時雨。拭盡千行又萬行。自從官人去後。託付我照管家事。一如舊規。毫無更改。堪

羨主母曹氏未婚守節前者送些銀米到彼不肯收受
更掌老尼爲修追薦道塲保佑官人救母昇天官人自
你孝心救母去了一十六年小姐爲你守節爲尼受盡
無限孤悽矣一箇盡節一箇盡孝實是世之罕有這幾
日不曾到員外墳上走走今日稍閒不免前去看取一
番作出門科白雖是殷勤時祭掃難堪悲痛憶恩膏從
下塲門下生扮目連戴僧帽穿水田僧衣帶數珠持錫
杖托鉢盂牽犬從上塲門上唱

商調正曲　二郎神　離別久句　返鄉閭頓　教人心幸韻　感佛祖深恩來印證韻　方能彀　遂了句　依依烏鳥之情韻白　我蒙佛天憐念得歸故園此間離我爹爹墳墓不遠我且趲行幾步前去叩拜一番唱　我　久涉他鄉如斷綆韻　正愁這墳塋荒冷韻　場上設傳相碑碣目連作到科白　來此已是墳頭作哭科唱合　自從你　歸冥韻　做兒的讀　時時追想儀形韻　白　你看松柏依然墳塋如故想是益利哥不負所託時常祭掃所以如此益利從上場門上唱

又一體

凄淸。韻看蒼松古柏。讀將孤墳掩映。韻歎泉路

長眠何日醒。韻作見目連科白那邊好似我官人模樣、

待我看來、果然是我官人、目連白爹娘墳頭、難爲你看

顧、益利白老奴呵、唱我深蒙豢養。句難禁觸景傷情。韻

白請官人回家去罷、塲上撤傳相碑碣科益利白不爭

三五步、咫尺是家門、官人請進去、仝作進門科益利作

接錫杖鉢盂牽犬科白小官人那裏牽得一隻犬來、從

下塲門下隨上雜扮四院子各戴羅帽穿屯絹道袍繫

縧帶雜扮四梅香各穿衫背心繫汗巾從兩塲門分上

作拜見目連科仍從兩塲門分下益利白 官人請上、待

老奴拜見、唱 忙把衣冠來按整。韻 把 眼摩挲端詳細省。

韻 目連白 不消、請起來、益利作笑科唱合雖則是 歡迎。

韻 復作哭科唱 又還愁、讀 安人音信難憑。韻 目連白 益

利哥、唱

商調正曲 轉林鶯 我 千辛萬苦途路行。韻 肩挑着母像佛經。

韻 遠從西土虔誠請。韻 要哀求我母超昇。韻 這 煢煢隻

影。韻走盡了崎嶇危徑。韻益利白官人如此勞苦可曾救取安人麽、目連白感蒙佛諭命我陰司尋母、唱合這幽冥。韻驀想起讀教人兀自傷情。韻益利白官人、唱

又一體

你捨身全孝一念誠。韻甫能彀親到幽冥。韻我痛思主母心悲哽。韻未知他在地府康寧。韻目連白有什麽康寧。益利唱容顏怎生。韻這泉路裏作何行徑。韻目連白若提起來、好傷心也、作哭科益利唱合我叩其情。韻作與目連拭淚科唱請拭了、讀腮邊血淚盈盈。韻

目連白　我到陰司呵、唱

黃鐘宮集曲　啄木鸝　啄木兒首至合　在昏冥路黑暗城。韻　訪遍慈親難覓影。韻白　直到了第六殿、唱　纔得見母氏儀容。句益利白　老安人可好麼、目連唱　受盡了慘酷之刑。韻白　我正要設法救取、唱恨　閻君執法心腸硬。韻　不憐母子相爲命。韻白　他竟密差鬼使、解往第七殿受罪去了、益利白　這等說起來、老安人苦楚萬狀、不能解脫了、作哭科目連白　益利哥、且休啼哭、益利白　後來便怎麼、目連白後來我到了第十殿纔有下落、益利白 求官人快說與老奴知道、目連唱黃鶯兒合至末 多感佛哀矜。韻道回陽變作住口科益利白變什麽、目連唱 回陽變犬。句果報要分明。韻益利白 原來如此、此官人所牽這犬、就是老安人變的、目連白 多蒙觀音菩薩指示、故特攜來、又蒙佛諭、七月十五日、乃地官赦罪之辰、諸佛解冤之日、當修追薦道場、則老母脫離沉淪、回生陽世了、益利白 若得如此、謝天謝地、官人、唱

商調正曲 黃鶯兒

這是純孝格天庭。韻 救慈幃心至誠。韻 方把沉淪罪孽消除淨。韻 白 官人呵、唱 遂了你晨昏定省。韻 白 老安人、唱 有一日回陽再生。韻 那時眞是邀天幸。韻 白 天色已晚、請官人進去再講罷、目連仝唱合 幸喜返家庭。韻 銀釭細剔。句 敘語到天明。韻 仝從下場門下

第四齣 拔泥犁好覓新魂 蕭豪韻

雜扮八從神各戴將巾穿蟒箭袖排穗執雲旗儀仗引生扮天官大帝末扮地官大帝外扮水官大帝各戴朝冠穿朝衣束玉帶雜扮三傘夫各戴馬夫巾穿蟒箭袖卒褂執傘隨從上場門上衆仝唱

雙調集曲 江頭金桂 五馬江兒水首至五 靄靄的祥雲籠罩。韻早則是行行離碧霄。韻擺列紛紛霓旆。句轆轆星軺。韻趁天風不憚遙。韻三官大帝分白寂寂松篁殿閣虛靈風終日拂階除玉皇昨夜傳新敕仝白催下雲梯上玉輿分白吾乃上元一品賜福天官紫微大帝是也吾乃中元二品赦罪地官清虛大帝是也吾乃下元三品解厄水官洞陰大帝是也位列三清道超無始分曹天上還兼水府與坤維賜福人間更得赦罪而解厄遍十方十界之大有感必通擅三元三品之尊無微不燭今當欽奉玉帝敕旨所爲傳相七世堅修行善伊妻劉氏聽信兄弟

劉賈之言謗僧罵道背誓開葷罪惡多端以此墮落陰
司遍受重重地獄之苦業身受罪已滿轉生畜類輪迴
變犬償還夙債念其子羅卜孝善雙修勤劬救母況且
傳門累代供奉吾神虔誠頂禮全白 今特奉玉帝勅旨
命吾神等將劉氏赦罪解厄召他還魂使他復回陽世
還有天恩錫命以彰孝善兼修之報唱金字令五至九 可正
是 善行功超韻 克全純孝韻論 人子能如烏鳥韻 反哺
劬勞韻歎 浮生如夢影幻泡韻桂枝香七至末 那世情虛妄

句似邯鄲一覺。韻合細評度。韻任爾天生豪傑成何濟。

句把奪利爭名一旦拋。韻場上設高臺隨椅三官大帝

陞座衆儀從各分侍科三官大帝白 喚取當方城隍土

地過來、衆應科一儀從白 當方城隍土地何在、大帝有

宣、雜扮城隍戴紥紅幞頭穿圓領束金帶雜扮土地戴

紥紅紗帽穿圓領束金帶仝從上場門上分白 保護隍

池寧歲月、專司地界庇春秋、仝作叅見科白 三位大帝

在上、當境城隍土地叅見、三官大帝白 城隍土地免禮、

城隍土地白　不敢、今蒙大帝宣召、不知有何使令、三官大帝白　今、爲傳相、一門七世修善、豈料劉氏殺生害命、違背誓願、造惡多端、墮落陰司、遍受酆都之苦、幸得其子傅羅卜、堅持孝善、又有傳相、奏准天庭、唱

又一體

欽奉取　昊天勅詔。韻　綸音下絳霄。韻命赦取傅門劉氏。句　罪脫寃消。韻　准還陽出犴牢。韻

城隍土地白　謹遵大帝法諭、望求指示遵行、三官大帝白　如今劉氏變犬在家、可將劉氏原魂帶來、侍從們、再將素縞衣服

勸善金科 第十本

付他帶去以便與劉氏更換因服而來便了、衆應科一儀從向下取衣服隨上付城隍土地科城隍土地白謁聖旨差遣陰曹赦罪愆、仝從左旁門下三官大帝白今將劉氏赦罪解寃復還陽世這段善緣非同容易也、唱

念渠子救母辛勞。韻上干天昊。韻果然的善因福報。韻感應昭昭。韻脱重泉幽滯却將寃業拋。韻似此消除災障。句皆由是子能篤孝。韻城隍土地引旦扮劉氏魂穿輦從上場門上城隍白劉氏、隨我們這裏來、劉氏魂唱

合感戴帝恩饒。韻從今救拔輪迴苦。句免受黑獄禁持難打熬。韻城隍土地白遵奉大帝法旨、喚取劉氏、今已帶來叩見大帝、劉氏魂作參拜科白犯婦劉氏叩首、三官大帝白劉氏、你全不想傳宅乃是七世善門之家、緣何你竟背毀前盟、開葷飲酒、傷生害命、造下無限的惡端、過犯、所以你身後該受這些酆都險惡的境界、幸有汝丈夫傳相、福緣善果、汝子傳羅卜孝心救你、因而上感天心、特勅吾神、與汝解寃赦罪、放你原魂還陽合家重聚此皆汝子孝善雙修之所致也（劉氏魂白）大帝在上念劉氏罪惡多端遍受重重地獄之苦轉生畜類變犬以償夙債自謂甘心忍受今蒙帝勅恩垂救拔輪廻之苦且命還生陽世旋得收錄天曹但我生前造孽多端至此追悔無及矣（唱）

雙調集曲 孝南枝（孝順歌首至七）

蒙神宥（句）赦罪條（韻）向泥犂救拔恩厚高（韻）我追悔在生時（句）作事都顛倒（韻）（滚白）念我劉氏在生之時聽信劉賈讒言一時錯念背誓開葷殺

生害命。一日裏祿盡身亡、墮落陰司地獄苦、唱受千般痛熬。韻那黑暗魔城。讀窅冥深奧。韻鎖南枝四至末自分的永劫沉淪。句甘受輪廻業報。韻合感得離冤界。句脫苦惱。韻多虧取夫善良。句我那兒行孝。韻三官大帝唱

又一體

想人生世。句皆是虛共囂。韻把貪嗔癡愛任性招。韻善惡兩途分。句一切惟心造。韻預將冤愆棄拋韻莫待臨期。讀閻君出票。韻到那時業鏡高懸。句曾無私照。韻合今幸超冤界。句離苦惱。韻多虧取夫良善。句子

行孝。韻劉氏魂唱

雙調正曲　鎖南枝

追往事。句業自招。韻開葷背誓禍怎逃。韻

滾白　我傅氏一門行善、七世清修只因造罪多端、曾受地獄重重之苦、今得轉回陽世、願將陰司受苦的情由、勸化那些造惡的衆生、教他及早回頭、猛然省悟、唱　我把苦楚訴根由。句此事從頭告。韻合若得離寃界。句脫苦惱。韻必須要敬佛天。句行忠孝。韻三官大帝白　你既知追悔、猶是善根未泯、今得還陽、當行善事、正所謂苦

海無邊回頭是岸矣 劉氏魂白 多蒙大帝懺悔之恩 三
官大帝白 城隍土地過來劉氏牒諭還魂轉回陽世可
傳諭傳羅卜教他即日起墓開棺請他母親還魂便了
再與你路引前去 一儀從取路引付城隍土地科三官
大帝白 劉氏聽吾吩咐 唱
又一體 你 隨風去 句 如絮飄 韻 悠悠渺渺魂蕩搖 韻 避
取 犬吠共雞鳴 句 隨傍青燐照 韻合 幸得 超冤界 句 離
苦惱 韻 三官大帝下座科唱 多虧取 夫善良 句 子行孝

韻白　須當依吾法諭而行、就此前去、城隍土地白　謝了大帝前去、劉氏魂作拜謝科白　多感大帝施恩、三官大帝白　目連救母脫泥犁、城隍白　似此還魂世所稀、土地白　善惡到頭終有報、衆仝白　只爭來早與來遲、城隍土地引劉氏魂從下場門下衆儀從擁護三官大帝亦仝從下場門下

第五齣　浮大海法侶追隨齊微韻

雜扮張佑大等十八人各戴僧帽紮金箍穿僧衣披袈裟帶數珠各持拂塵拄杖等件仝從上場門上唱

【高宮雙曲】【端正好】解眞空。句根塵棄。韻言思斷羅刹低眉。韻誰知俺朴刀頭上無生諦。韻都是慈悲地。韻張佑大白自家張佑大是也結契兄弟十八人向在陳州爲盜被菩薩指示與師兄傳羅卜虔心修行因師兄救母還陽於

中元之日啟建盂蘭道場超薦先靈我等奉有佛旨到彼共襄盛事衆兄弟就此前往衆應科仝唱

高宮雙曲　塞鴻秋

綠林結義如同氣韻一般的打開俗網無拘繫韻好隨那閒雲孤鶴遊人世韻金繩寶筏宏慈濟韻中元已屆期韻早赴盂蘭會韻內作波聲科衆仝唱猛聽得波濤聲近想來到海濱矣韻張佑大白來此已近海邊了衆兄弟你看海天無際好一派景致也衆仝唱

高宮雙曲　芙蓉花　白茫茫但烟水。韻　看鷗鷺眠沙際。韻　鯨甲之而。句　出沒在波光裏。韻　日近雲低。韻　亘萬里浮天地。韻　心曠神怡。韻　待要振鵬摶勢。韻　張佑大白　巳到海邊、衆兄弟、俺和你就此渡海過去、衆應科張佑大作擲拄杖衆仝乘作渡海科唱

高大石角雙曲　番馬舞西風　擲杖遙飛。韻　一葦凌濤橫渡之。叶　試看那鮫宮鯷壑。句　漢柱秦橋。句　和那地軸天維。韻　笑許多空中樓閣現依稀。韻　也算做滄桑一度閒游戲。韻

何用乘槎駕鯨鯢。韻恰御得罡風勢。韻白頃刻之間已過海面。眞佛力扶持也。唱

煞尾　引慈航彼岸咸登矣。韻業海回頭無際。韻且了這王舍城中方便期。韻全從下場門下

第六齣　會中元鍊師訂約　先天韻

老旦扮張鍊師戴仙姑巾穿水田衣繫絲縧帶數珠持拂塵從上場門上唱

中呂宮引　菊花新

人生百行孝爲先。韻　力孝須知可格天。韻

如約赴經壇。叶　也見我元門儀典。韻　中場設椅轉場坐

科白　孝義根天性、人多爲慾遷、孝子心不變、救母便登仙、自家張鍊師是也、那傅羅卜、與曹賽英曾訂絲蘿、向

因兩家多故、未成婚配、今日中元佳節、傅羅卜薦母昇天、我不免喚了徒弟、一同到彼、一則助成佛事、薦拔超生、二則使他夫妻會合、了此一宗因果、徒弟那裏、旦扮曹賽英戴仙姑巾穿水田衣繫絲縧帶數珠從上場門上唱

中呂宮引 剔銀燈引

風裊縈簾香篆。韻 鎖烟蘿讀 寂寥經院。韻 繡佛琉璃。句 暮鐘晨磬。句 知我一腔幽怨。韻 情根如線。韻 纔剪斷讀 又來牽纏。韻 作拜見科白 師傅、喚弟子

出來、不知有何事情、（場上設椅坐科張鍊師白）今日中元佳節、聞得汝夫傅羅卜廣作道塲、薦母昇天、汝可隨我前去助修佛事、以成無量功德、且汝夫妻藉此可以會面矣、（曹賽英白）告禀師傅、弟子與目連雖訂百年之約、因徒弟未諧二姓、恐生嫌忌之心、是以欲去又不可去、當行又不敢行、望師傅前去申達此情、（張鍊師白）雖然如此、不曰堅乎、磨而不磷、不曰白乎、涅而不緇、況此追薦超生道塲、乃是救母善舉、本屬朱陳、何生嫌忌、就

此前去、曹賽英白弟子遵命、各起隨撤椅科張鍊師白徒弟們、好生看守菴中要緊、仝作出門科唱

雙調正曲 清江引

師徒暫撇獅王院。韻禪關一任松風鍵。韻盂蘭踐會期。句欲了慈悲願。韻合赴經壇、讀薦亡靈須把虔敬展。韻仝從下場門下

勸善金科 第十本卷上

第七齣 法筵笑解無窮結 古風韻

場上設道場桌供佛像設法器科末扮益利戴羅帽穿道袍帶數珠從上場門上白

一念虔誠永不移孝心終得感神祇福緣善果人間有起死回生世所稀我益利管理家務每事勤勞辦理無不竭力專心今爲中元之期西天衆善友到來虔修法事超薦老安人恰有張鍊師與曹小姐同來追薦此時

將已上堂功課來也、須索祇候者、雜扮張佑大等十人各戴僧帽紮金箍穿僧衣繫絲縧帶數珠持拂塵全從上場門上唱

南呂宮引　生查子　法侶離西天。韻　佛事虔修建。韻　老旦扮張鍊師旦扮曹賽英各戴仙姑巾穿水田衣繫絲縧帶數珠持拂塵全從上場門上唱　懺悔免冤愆。韻　孝行人爭美。韻　益利白　益利參禮大師共衆位、衆虛白作遜科張鍊師白　我們且共做起法事來、張佑大白　還請張大師

掌壇、我等共襄善事便了、張鍊師白怎好有僭、張佑大
白豈敢、大師請、張鍊師白益主管、可將老安人業身所
變之犬、卽便用繩縊死、當取肉爲餡、做成饅首、以作供
齋、我等諷誦往生咒、消滅老安人殺狗齋僧之罪便了、
益利應科從下塲門下、雜扮十二僧衆各戴僧帽穿僧
衣披袈裟帶數珠從兩塲門分上吹打法器科張佑大
等十八張鍊師曹賽英各披袈裟戴五佛冠科張鍊師
詠

佛偈 仰啓靈山大教仙 韻 巍巍端坐紫金蓮 韻 千江有水千江月 句 萬里無雲萬里天 韻 衆全詠 我佛長開方便門 韻 慈航接待渡迷津 韻 衆生滅盡心頭想 句 佛始度盡衆生 讀 稱世尊 韻 佛號 南無十方佛十方僧仗此無文無字經一齊稽首卍光胸香象渡河脚踏實解冤釋結妙無生不離地獄諸般苦坐見蓮花茁火坑南無諸大菩薩摩訶薩摩訶般若波羅蜜 小生扮安童丑扮齋童各戴羅帽穿屯絹道袍繫縧帶隨益利捧饅首仝

從下塲門上張鍊師等各取饅首誦咒科白 解結解結

解冤結、解了前生冤和業、大乘妙法蓮花經、華嚴海會

佛菩薩、南無摩訶般若波羅蜜、作將饅首擲下地井內

隨放犬出科益利白 請列位到齋堂用齋、張鍊師等仝

從下塲門下衆僧衆仝從上塲門下

舊□全和

第十本

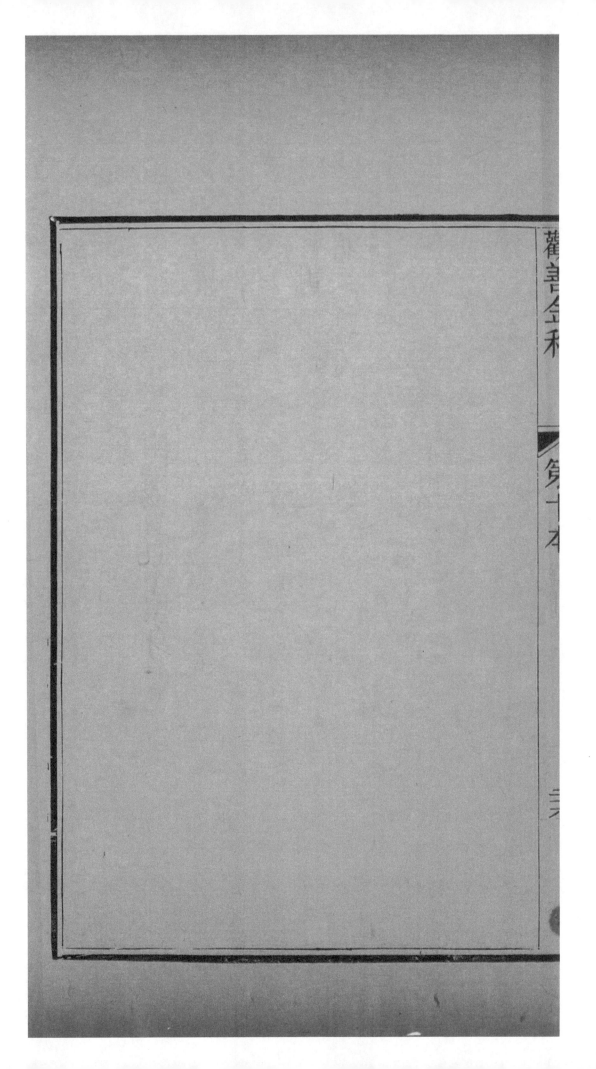

第八齣 幽壙驚看不壞身 東鍾韻

生扮目連戴僧帽穿水田僧衣繫絲縧帶數珠從上場門上唱

商調引 接雲鶴 終朝思念母音容。韻此日欣知能再逢。韻

白 今逢七月中元之期、特建盂蘭大會、以濟拔我母、多感佛慈、命張佑大等衆弟兄前來、共襄其事、又得張鍊師與曹氏賽英、俱不約而來、可謂極盛法會也、這也不

在話下昨日當境城隍土地對我說道向有善才龍女曾奉觀音法旨傳示我等將令堂肉身保護不曾毀壞所以今得還魂復回陽世爲此吩咐一應家人使女先到墳上預辦此事家中止留益利着他承值張鍊師等若得母親重回陽世此乃是邀天之幸也小生扮安童丑扮齋童各戴羅帽穿屯絹道袍繫鑾帶仝從上場門上分白

死灰還復活枯木得重蘓寧可信其有不可信其無仝白大爺已曾喚齊衆家人各帶鍬钁專候大爺

一同前去、目連白 你們可再預備煖轎一乘若老安人
恭喜回生便將煖轎擡回纔可使得、安童齋童白 曉得
我們一面預備下煖轎便了、目連白 快喚家人隨我一
同前去、安童齋童應科向內白 衆家人快來跟隨大爺
前去、雜扮四家人各戴氈帽穿喜鵲衣繫腰裙持鍬钁
雜扮二轎夫各戴氈帽穿窄袖繫搭包擡轎仝從上場
門上目連衆等仝作出門科目連唱
黃鐘宮正曲 啄木兒 我只爲尋蹤跡無路通。韻歷盡艱辛難

遇逢。韻 向靈山多遍祈求。句 又 殷勤至地獄重重。韻 却似海底撈鍼全無用。韻 幾番腸斷添悲痛。韻 合 今得默感神傳教我開墓封。韻 場上設傳相碑碣目連衆等作到科雜扮二看墳人各戴氊帽穿窄袖繫搭包雜扮四梅香各穿衫背心繫汗巾仝從下場門上作迎科白 大爺到來了。我們在此等候已久。目連白 爾等快將香燭點起來。待我禮拜天地。安童齋童搭香案設場上科目連作禮拜科唱

又一體

虔瞻禮秉至恭。韻伏望神祇感應通。韻若得見萱親如舊容儀。句成人子孝念全終。韻隨撤香案科目連白你們可用心即將鍬钁好生開下去不得鹵莽粗疎、不當穩便、安童齋童白不是當耍的、各要小心在意、衆家人應科仝作開壙科唱把鍬钁開處石門動。韻看釘頭銹斷蟻鑽孔。韻目連唱合只聽隱隱惟聞聲息融。韻白衆使女快些一同下去、好生扶起來、衆梅香仝作下壙中科扶旦扮劉氏戴鳳冠穿圓領束金帶帶數珠

從地井上衆梅香唱

黃鐘宮正曲　三段子

齊臨壙中。韻　緩扶擡休教太匆。韻　輕移體躬。韻　同護遮還須避風。韻　劉氏作蘇甦科衆梅香白　老安人醒過來了。目連白　住了。你們不要驚恐了。老安人安童齋童。快些取定神丹來。與老安人服下去。安童齋童虛白向下持藥盞隨上付目連科目連呈藥盞劉氏作飲畢嘔吐科目連白　嘔吐出許多冷痰來了。老娘醒來。劉氏作漸醒科白　你們都是何人。目連白　孩兒羅

卜在此、劉氏白兒、這是那裏、目連白幸得佛天憐念老
娘今已還陽、劉氏作見目連悲科目連白你們當用心
伏侍、唱愼加調護須珍重。韻看似生前顏面精神瑩。韻
白安童、你回去報與衆師傳知道、安童應科從下場門
下目連白齋童、你們快將煖轎過來、唱合須當穩坐輕
輿、讀將煖氣烘。韻齋童白轎上的、快擡煖轎過來、轎夫
應科目連白爾等好好攙扶老安人上轎、第一避風要
緊、衆家人應科四梅香作扶劉氏上轎科衆扶轎仝行

科唱

黃鐘宮正曲 歸朝歡

同扶轎句　同扶轎疊下　重幃護擁韻　望家門路猶不逈韻　喜孜孜句　喜孜孜疊　笑聲喧哄韻　再不用讀　尋遍地獄幾重韻　長眠人已離荒塚韻　宛如一枕遊仙夢韻合　母子重逢喜氣濃韻全從下場門下

第九齣　迎天詔善氣盈門　先天韻

小生扮安童戴羅帽穿屯絹道袍繫縧帶從上場門上

白

喜從天上至、恩向日邊來、有這等奇事、老安人還陽了、奉東人之命、着我報與衆位師傅知道、從下場門下雜扮二轎夫各戴氊帽穿窄袖繫搭包擡轎旦扮劉氏戴鳳冠穿圓領束金帶帶數珠坐轎内生扮目連戴僧帽

穿水田僧衣繫絛絛帶數珠雜扮四梅香各穿衫背心繫汗巾丑扮齋童戴羅帽穿屯絹道袍繫鑾帶全從上場門上劉氏唱

黃鐘調合曲　**醉花陰**　恰向那**地窟翻身乍回轉。**韻**早經過**了**輪迴一遍。**韻只道是**永世裏滯重泉。**韻誰承望**再覩這白日青天。**韻**離畜道**把**人身變。**韻作到科劉氏下轎齋童轎夫擡轎從下場門下末扮益利戴羅帽穿道袍帶數珠從下場門上作出門迎科衆全作進門科劉氏唱

看了這舊庭院。句 景依然。韻 再不想業身軀重活現。韻

塲上設椅劉氏坐科目連白 母親、想今日復得生還、此乃喜出望外之事也、劉氏白 此事全虧了你、有此一段孝心、感格上天、所以將我從前罪業赦免、放我轉回陽世、目連白 母親、孩兒何以爲孝、作拜見科唱

黃鐘宮合曲 **畫眉序** 痛切慮慈顏。叶 猶恐墮落陰司 被惡業纏。韻 念孩兒辦虔誠救母、讀 意切心堅。韻 叩佛慈赦罪消愆。韻 釋寃苦 使輪迴頓免。韻合 昊天罔極恩難報。句

幸回生遂兒心願。韻 劉氏白 我兒我幸得上帝垂恩三官赦罪不致永滯幽冥得以復回陽世此皆我兒至孝格天所致也 唱

黃鐘調合曲 喜遷鶯 雖未向天宮索遍。韻 雖未向天宮索遍。疊 險些把地府內搜穿。韻 則這黃泉。韻 母和子也應相見。韻 又誰知苦盡幽冥也枉然。韻 目連白 母親向在陰司好生苦也 劉氏唱 多乖舛。韻 直到得改頭換面。韻 纔能彀返本還元。韻 纔能彀返本還元。疊 四梅香從兩場

門分下益利向下請老旦扮張鍊師旦扮曹賽英各戴仙姑巾穿水田衣繫絲縧帶數珠雜扮張佑大等十八各戴僧帽紮金箍穿僧衣繫絲縧帶數珠仝從下場門上劉氏白這都是什麽人、目連白這是西天衆善友與張大師、皆爲超度母親而來、劉氏白多感張大師神力、得以解寃釋罪、以何圖報、又承西方衆善處修法事、實深感戴、張鍊師向曹賽英白這就是你的婆婆、快過來拜見了、曹賽英作拜見科白念曹賽英未諳婦儀、有失

侍奉罪之莫大也、劉氏白與汝何罪之有、曹賽英唱

黃鐘宮合曲畫眉序靦覥拜尊前。韻愧婦道閨儀未得全。韻

劉氏白也虧你刻苦清修得成大道、委實難得、曹賽英白念媳婦呵、唱自甘心效松筠節志、讀意潔貞堅。韻證圓通意蘂心蓮。韻悟無生修持樂善。韻衆全唱合今番會合誠多幸。句喜還陽頓生歡忭。韻劉氏白老身今日得免輪廻再生人世、皆由衆善信之功德也、待老身拜謝纔是、作拜謝科衆全作答拜科劉氏唱

黃鐘調出隊子
合曲

多謝恁法壇高建。韻把解寃愆的寶函

飜。叶拔沉淪的妙諦宣。韻張鍊師張佑大等十八白這

都是佛力廣大、始能解脫、與我等何功之有、劉氏白若

非我佛慈悲、我劉氏焉有再生之日、唱今日裏讀似南

方歸去再生天。韻張鍊師張佑大等十八白一念懺悔、

便成正覺、即生極樂世界、劉氏唱何敢望讀穩坐西方

九品蓮。韻仗佛力讀向泉路生生追得轉。韻益利白老

安人雖是喜出望外、還須養息、不得甚於勞煩貴體、劉

氏白 益利、難爲你代替小主人、管理家務、抑且同志修
持、專心精進、委實難得、益利白 自從老安人辭世、老奴
與主人日夕感傷、痛心慘切、唱
黃鐘宮合曲 滴溜子 堪憐念。句 堪憐念。疊 魂遊杳然。韻 在陰
司內。句 陰司內。疊 向何方那邊。韻 想境界讀 不堪眼見。
韻合 陰曹報應明。句 幾多案件。韻 望備述情由讀 詳細
根原。韻 劉氏白 那陰司的苦楚、你們如何曉得、唱
黃鐘調合曲 刮地風 嗳呀。格 說起那地獄裏讀 禁持淚雨漣。

韻 慘風刀體裂膚穿 韻 焰騰騰 讀 那 火勢趁風威煽 韻

鐵鍋中百沸油煎 韻 却教我 坐幾處黑魆魆 讀 幽暗獄

三光不辨 韻 過一座 危聳聳奈河橋 讀 寸步難前 韻 幾

番兒逐 曉風魂魄化寒烟 韻 奈又被 業風吹轉 韻 難寬

宥不矜憐 韻 狠閻羅 讀 無一毫情面 韻 偏放着 照善惡

讀 當空業鏡懸 韻 再不肯漏過了一些些的小冤愆 韻

張錬師白 那重泉境界、有諸般地獄苦楚、張佑大等十

人白 陰曹報應分明、纖毫難昧、未知老安人曾經受那

幾處景況、張鍊師全唱

黃鍾宮　滴滴金

合曲

那幽冥地府的森羅殿。韻是無私果報懲惡善。韻這重重地獄威儀建。韻一任最奸頑。句到彼難恕免。韻却也無容强辯。韻在酆都向是處裏遊行遍。韻合細剖却情踪讀怎得能將罪譴。韻劉氏白若說那地獄中的報應、委是纖毫不爽也、唱

黃鍾調　四門子

合曲

記取的在陰司、讀事跡親會見。韻在陰司讀事跡親會見。疊看看看看將來怎的言。韻但則見

立披毛讀戴角改面顏叶那舉舉鋼刀恰像屠肆門前韻只爲他侮聖賢韻訕了佛天韻便待要悔當年讀似化啼鵑林際囀韻勸懲箇結善緣韻種福田韻此後的廣行些方便韻雜扮四天將各戴將巾穿蟒箭袖排穗執儀仗引外扮傳相戴紮紅紗帽穿蟒束玉帶帶數珠賫玉旨從昇天門上唱

黃鐘宮合曲　鮑老催

恩頒九天韻雲章五色丹詔宣韻滿門封贈錫加典韻內奏樂科劉氏等作出門跪迎科隨同

傳相衆等全作進門科傳相白

玉旨已到詔曰惟德動天惟天眷德今見孝子傅羅卜虔心救母念已釋迦門下爲僧當聽釋迦文佛指授菩薩之位劉氏封爲勸善夫人貞女曹氏未婚守節善孝兼全封爲蕊珠宮圓通端淑貞人益利封爲仙宮掌門大師鍊師張氏明心見性煉氣修貞封爲瓊華宮慈濟惠元貞人於戲覺路同登即已超凡入聖善人畢集當遊佛土天宮火坑化作蓮臺不離方寸之地惡業全成善果即在刹那之間即

着勸善太師率領前往、俟其遊覽已畢、再當接引至忉
利天宮、永享長生之樂、欽哉謝恩、內奏樂科衆作謝恩
科場上設香案劉氏接旨設香案上科張佑大等十八
白恭喜一家得昇天府、可喜可賀、傅相唱天恩遍、韻賜
褒封、句旌揚善、韻想人生逐世如飛電、韻無常迅速當
修煉、韻合頻申語把慈悲勸、韻白就此更衣、劉氏目連
曹賽英張鍊師益利從兩場門分下張佑大等十八白
我等回覆佛旨去也、傅相盧白科張佑大等十八白轉

世回陽皆佛法滿門封贈賴天恩作出門科全從下場

門下傳相白爾等先回天府少刻吾當拔宅昇天也四

天將作出門科仍全從昇天門下雜扮四院子各戴羅

帽穿道袍從上場門上作拜見傅相科劉氏戴鳳冠仙

姑巾穿蟒束玉帶帶數珠目連戴僧帽紮五佛冠穿蟒

披袈裟帶數珠張鍊師戴仙姑巾紮五佛冠穿蟒披袈

裟帶數珠曹賽英戴鳳冠仙姑巾穿蟒束玉帶帶數珠

益利戴紮紅紗帽穿蟒束玉帶帶數珠雜扮四梅香各

穿衫繫汗巾從兩場門分上傳相白

安人、虧你在冥途、經受諸般苦楚、今喜還陽、又蒙天旨錫加恩典褒封、劉氏白

謹遵老相公懺悔之言、我劉氏今日好僥倖也、劉氏唱

黃鐘調水仙子合曲

呀呀呀。格喜怎言。韻呀呀呀。格喜怎言。疊聽聽聽。格聽罷了丹鳳銜來玉勅宣。韻那那那。格那罪名兒咸赦免。韻再再再。格再不用披毛變。韻出出出。格出沉淪離了九泉。韻上上上。格上空濛昇了三天。韻

向目連唱　這這這。格這　都是孝感天神、讀　一念堅。韻白

張鍊師唱　謝謝謝。格謝你箇　法施人鬼三車闡。韻　信信

信。格信　濟羣生的佛力果無邊。　張鍊師白　恭喜一家

眷屬重圓又蒙帝旨褒封不負慈祥善慶之兆也、傳相

白　感戴昊天帝旨恩垂滿門封贈一家會合重逢先此

遂叩佛恩然後合家同趨天闕謹當叩謝玉帝天恩便

了、衆仝作謝恩科唱

黃鐘宮　雙聲子　天恩眷。韻　天恩眷。疊　咸覆幬齊額抃。韻

合曲

祝聖虔。韻祝聖虔。疊欣共把龍華建。韻秉意專。韻慈祥善。韻合當萬劫修持、讀敬誠發願。韻內奏樂科傳相捧玉旨衆遶場科仝唱

煞尾　向普天下、讀不惜頻頻勸。韻劉氏唱休似我半途中、讀把爲善念頭遷。韻衆仝唱怕沒有這樣孝子虔心讀感動天。韻內奏樂科天井下五色雲車雜扮金童戴紫金冠穿氅繫絲絛執旛雜扮玉女戴過梁額仙姑巾穿氅繫絲絛執旛立車上仝白　玉帝有旨、傳門一家眷

屬、請登天府、傳相等白　聖壽無疆、衆仝作上五色雲車科衆院子梅香向下取篋笥牽鷄犬隨上亦仝上雲車科雜扮四仙童各戴仙童巾穿氅繫絲縧持旛引生扮天官大帝末扮地官大帝外扮水官大帝各戴朝冠穿朝衣束玉帶從上場門上三官大帝白　我等特來護送善氏一門、請登天府、傳相等白　有勞尊神、衆仝駕五色雲車從天井上四仙童引三官大帝仍從上場門下

勸善金科第十本卷上

第十齣　遊月宮祥光溢宇　先天韻

雜扮八仙童各戴仙童巾穿水田氅繫絲縧執吉慶如意引小旦扮嫦娥戴鳳冠仙姑巾穿蟒束玉帶從上場門上唱

仙呂宮引【奉時春】竊藥蟾宮歷有年韻　喜長占清虛宮殿韻　金粟香飄讀　玉輪光遍韻　良宵正好開佳宴韻中場設椅轉場坐科白　雨過河源釀早涼夌空玉宇敞秋光碧

天如洗纖雲淨風外時聞丹桂香吾乃廣寒仙子嫦娥是也光騰碧落景麗清宵璧彩珠輝七寶合成宮闕嵐光水態一輪映徹山河伴玉兎以長生燦銀蟾而不夜昨接上帝勅旨道傳羅卜救母還陽已成正果今傅相率領一門法眷遍遊天界用彰善類少時當到月窟中來命我開筵款待恰好時近中秋月中正欲布現光華呈獻嘉祥俟其到來使彼觀看以昭盛事衆仙童待他們到時即爲通報衆仙童應科嫦娥白仙樂雲中聲細

細天香風外影霏霏衆仙童引嫦娥從下場門下雜扮
金童戴紫金冠穿氅繫絲縧執旛雜扮玉女戴過梁額
仙姑巾穿氅繫絲縧執旛引外扮傳相戴紮紅紗帽穿
蟒束玉帶帶數珠生扮目連戴僧帽紮五佛冠穿蟒披
袈裟帶數珠末扮益利戴紮紅紗帽穿蟒束玉帶帶數
珠旦扮劉氏戴鳳冠仙姑巾穿蟒束玉帶帶數珠旦扮
曹賽英戴鳳冠仙姑巾穿蟒束玉帶帶數珠老旦扮張
鍊師戴僧帽紮五佛冠穿蟒披袈裟帶數珠從上場門

上仝唱

仙呂宮集曲 月雲高 月兒高首至七

雲霞旋轉。韻 行趁天風便。韻 一
水銀河隔。句 虹作飛梁現。韻 傳相白 我等欽遵帝勅、來
此遍遊天府、一路前去、須要細爲觀覽、劉氏等白 深蒙
上帝垂恩、許遊天闕風光、慶幸何似、唱 非關是高處寒
多。句 心跡冷然顫。韻 纔脫塵凡質。句 渡江雲末三句 慚到清
虛苑。韻 雜扮五穀神各戴紮紅金貂穿蟒束玉帶執五
穀雜扮風伯戴紮紅金貂穿蟒束玉帶執風伯旗雜扮

雨師戴紮紅黑貂穿蟒束玉帶執雨師旗全從上場門

上唱纔離了鷺序鵷班三殿前。韻又經過虎豹環羅九闕邊。韻作相見科傳相等白諸位尊神在上我等叅禮

五穀神等白不敢、諸善人得以遊覽玉虛佳景這也是非常喜事、

傳相等白正是請問諸位尊神結伴何往、

五穀神等白向因李希烈朱泚等跋扈各處農事不無少爲荒廢、今者喜見太平人民樂業上帝特命我等遍播嘉禾瑞麥加之風調雨順使普天下元元永享豐登之

樂、傳相等白　原來如此這些大地羣生好慶幸也、五穀神等白　因有所司之事、不得在此陪侍了、傳相等白　尊神請便、五穀神白　九穗兩岐歌聖德、風伯雨師白　五風十雨驗天心、全從下埸門下傳相白　時值承平人民樂業桑梓之地、不知作何太平景象、劉氏白　我等遊覽之便、亦當暫駐雲軿、觀看風景、一則效丁令當年之故事、二則使世人知孝能格天、福緣善慶、並非誕妄也、傳相等白　正當如此、金童玉女白　請諸位善人前面遊覽、傳

相等白　你看三天之上、來來往往、那些神祇、唱

仙呂宮正曲　桂枝香　都是些　電車雲輦。韻　霞冠星弁。韻　見了

這天闕威嚴。句　還似那人間尊顯。韻　金童玉女白　過了

八瓊室、九琳堂、那邊就是神霄宮了、傳相等唱　看玉虛

妙景。句　玉虛妙景。疊　御風遊衍。韻　乘雲旋轉。韻合　喜難

言。韻　宛同那　飛舄來天上。句　絕勝他　乘槎到日邊。韻雜

扮四仙官各戴朝冠穿朝衣束金帶佩環珮仝從上場

門上白　祥雲環捧三霄逈、旭日高懸萬象明、作相見科

傳相等白　諸位仙官何往、四仙官白　今當開科取士、上帝特命我等、往召文昌帝君、關聖帝君、先定天榜、以備皇家遴選、傳相等白　運際文明、自應濟濟多士、果好聖朝盛典也、四仙官白　便是、天門日射黃金榜、春殿晴曛赤羽旗、仝從下場門下傳相等唱

仙呂宮集曲　月雲高　月兒高首至七　天衢宛轉。韻　低襯雲千片。韻　那顥炁相凝處。句　知是通明殿。韻　但見那　金榜輝煌。句　笑不識瓊文篆。韻　傳相白　那邊光華四照之處、隱隱的瓊

樓玉宇就是廣寒宮了。劉氏等唱 想像聽霓裳隊。句

渡江雲末三句

依約見結璘眷。韻 傳相白 我等同進月府去一遊。劉氏等白 這等甚好。唱 好把這玉砌金鋪徑再穿。韻

喜見那月戶雲窓景更妍。韻 內奏樂科八仙童引嫦娥從上場門上雜扮十六仙女各戴過梁額仙姑巾穿宮衣從兩場門分上侍立科傅相等作相見科白 仙主在上我等叅禮。嫦娥白 諸位善人少禮喜得孝感天心善緣同證今見逍遙天闕誠爲可美。傅相等白 此皆我佛

垂慈上天宥過纔能如是、嫦娥白 久欽善行、喜挹清輝、特設綺筵、少申仰攀之意、傅相等白 既登月府、又酌雲漿、何以克當、劉氏白 我等把盞、塲上設酒筵桌椅各入筵坐科衆仝唱

仙呂宮正曲 桂枝香 清嚴仙苑。韻廣寒月殿。韻淨纖塵玉露微零。句來爽氣金風初扇。韻喜良宵麗景。句良宵麗景。疊麟脯供膳。韻丹霞同勸。韻合綺筵前。韻桂叢正向三秋綻。句月魄剛逢五夜圓。韻嫦娥白 吩咐衆仙女、就此

布現光華以昭祥瑞使衆善人共觀盛事衆仙女應科從兩塲門分下內奏樂科衆仙童轉宴衆復坐科十六仙女各持鏡仍從兩塲門分上合舞科仝唱

仙呂宮正曲 長拍

皎皎清輝句皎皎清輝疊團團皓彩句現作光華一片韻玉輪蕩漾句金鏡空明句正望舒飛上瑤天韻霧袂裊盤旋韻似鮫人泣淚讀明珠一串韻看桂子菱花相映處句色香陣共爭妍韻齊向當筵祝願韻合願千秋萬載讀人月長圓韻內奏樂科衆仙女合

舞科全唱

仙呂宮正曲　短拍　霞彩千重。句　霞彩千重。疊　雲容萬疊。句　布滿了大地諸天。韻　傅相等唱問　今夕是何年。韻　喜同到蕊珠宮苑。韻　還似旌陽當日。句合　驂鸞鶴讀　法眷共昇天。韻　十六仙女舞畢從兩塲門分下傅相等白　妙叟你看祥光照耀、瑞靄蟠凝、現爲月府之嘉徵、兆作寰區之盛事、我等得以躬逢、實爲慶幸不淺、嫦娥白　諸善人旣昇天界、當享逍遙之福、此後所遇之境、自應皆是吉祥盛事。傅相等白我等尚要至陰府遊觀。并欲向西天叩謝佛恩。不得久停。就此告辭。各出筵。隨撤桌椅。科嫦娥白既然如此。不敢相留了。他日再當相見于忉利天宮。傅相等作拜別科。衆仙童引嫦娥從下場門下。傅相等唱

慶餘

躡雲軿。好趁取天風轉。韻遊過了幾處處瓊宮玉殿。韻便是那萬里雲霄。轉眼間原不遠。韻仝從下場門下

勸善金科第十本卷上

第十一齣 入棘闈才量玉尺 古風韻

雜扮四手下各戴軍牢帽穿窄袖繫搭包持刑杖雜扮書吏戴書吏帽穿圓領繫縧帶引外扮祝萬年戴紗帽穿蟒束玉帶從上場門上唱

仙呂宮引 番卜算 奉旨掌文衡。韻秋水懸明鏡。韻佇看桃李滿門庭。韻喜際人文盛。韻場上設公案桌椅轉場入桌坐科白 莫說登科難上上難得來只作等閒看不用文章中天下只用文章中試官下官監察御史祝萬年是也今歲天下太平恩廣會試之額聖上特命我監試欽點禮部尚書曹獻忠知貢舉朝廷大典須要慎重左右吩咐搜檢的用心搜檢不可紊亂吩咐開門生扮朱紫貴小生扮陳肇昌小生扮曹文兆雜扮顧汝梅黃佩綬吳日燦趙可修段以秀各戴頭巾穿藍衫繫儒縧全從上場門上唱

高大石調正曲　窣地錦襠　桃花浪暖借春風韻總在皇家化育

中。韻不知誰奪錦標紅。韻合雷雨還看魚化龍。韻作到

科白報門、舉子進、四手下白進來、衆作進門叅拜分立

科祝萬年白今年文場不比已往、下官爲聖上求才、你

們衆舉子、須要用心各抒已見、以佐太平盛治、先各認

東西文場字號、靜坐待題、不得紊亂、衆應科書吏白天

字號朱紫貴東文場、朱紫貴應科從上場門下書吏白

地字號陳肇昌西文場、陳肇昌應科從下場門下書吏

白宇字號曹文兆東文場、曹文兆應科從上場門下書

吏白　宙字號顧汝梅西文塲、顧汝梅應科從下塲門下書吏白　日字號黃佩綬東文塲、黃佩綬應科從上塲門下書吏白　月字號吳日燦西文塲、吳日燦應科從下塲門下書吏白　辰字號趙可修東文塲、趙可修應科從上塲門下書吏白　宿字號段以秀、段以秀隨意發揮作露出挾帶科四手下白　禀爺這一名秀才有挾帶、祝萬年白　帶過來禮闈大典如何擅懷挾帶、段以秀白　貪心花酒文章讀不熟帶進來看看何妨、祝萬年白　重責三十

板趕出去衆應作打段以秀科段以秀虛白從下場門
下祝萬年起隨撤公案桌椅科白吩咐巡綽官役用心
巡邏不得有違掩門衆應科祝萬年白一顧便爲千里
駿聯登卽是萬人豪仝從下場門下

觀善全稿　第一本　是

第十二齣 定慾榜案立朱衣 東鍾韻

雜扮五魁星各戴魁星髮穿魁星衣紮魁星斗持筆錠仝從昇天門上跳舞科唱

仙呂宮正曲 十五郎 文光萬丈如虹。韻 星辰煥翰墨中。韻 要取那天衣無縫。韻 福兼慧才行崇。韻 俺筆端上品題過千古英雄。韻 眞不肯絲毫寬縱。韻合 恁總。韻 文心繡虎與雕龍。韻 還須要積陰功。韻 白 我等衆魁星是也今日

是定天榜日期帝君將登寶座、須索伺候者、各分侍科

雜扮八從神各戴將巾穿蟒箭袖排穗執旗雜扮二朱

衣使者各戴紮紅八角冠穿圓領束金帶持冊簿雜扮

周倉戴周倉盔紮靠持刀雜扮關平戴八角冠紮靠捧

印雜扮二星官各戴紮紅八角冠穿蟒束玉帶引生扮

文昌帝君戴文昌冠穿蟒束玉帶淨扮關聖帝君戴冕

旒穿蟒束玉帶從昇天門上文昌帝君白　太華山前紫

氣高、關聖帝君白　金題玉篆列仙曹、二朱衣使者白　當

年花發瑤池會、衆全白此日春風又見桃、場上設平臺
虎皮椅左側設天榜桌椅科二帝君轉場陞座衆侍從
各分侍科二帝君分白吾乃文昌帝君是也、吾乃關聖
帝君是也、全白奉上帝勅旨、着俺二神酌量天榜、朱衣
使者可將今歲該中舉子姓名冊籍查來、一朱衣使者
白一名朱紫貴、關聖帝君白值日曹吏、報他苦志讀書、
賣身葬父、這是該中的、都魁星作寫天榜科關聖帝君
唱

仙呂宮正曲 一封書

韻 好教他江花吐筆鋒。韻 掃千軍文陣雄。修月斧具胸中。韻 桂枝香折月宮。韻 朱衣使者白 一名吳日燦、關聖帝君白 此人命雖該中但與鄰婦通姦、應該黜退科名、唱 他鑽穴踰牆人所賤。句 怎許名題金榜中。韻合 豈人功。韻 有天公。韻 可惜珠璣羅滿胸。韻 朱衣使者白 一名陳肇昌、文昌帝君白 此是烈婦之子他父親陳榮祖、讀書半世、可憐被人謀死獄中、其母守節不嫁、訓子成名、該中大魁、以旌苦節、念張氏呵、唱

又一體　貞操是女宗。韻　訓遺孤甘困窮。韻與　賢哉孟母同。韻白　念陳肇昌呵、唱　守囊螢案雪中。韻　勤讀詩書承父志。句　欲報慈幃教子功。韻合　運應通。韻　爵應崇。韻　把他　金榜高標第一紅。韻都魁星作寫天榜科朱衣使者白　一名趙可修、關聖帝君白　此人文字頗通、但他曾代人寫過離書一紙、紙也不該中、唱

仙呂宮正曲　皂羅袍　他　曾把筆尖輕弄。韻　這些兒私事。讀　惱怒天公。韻　休書一紙罪難容。韻　生生拆散鴛鴦夢。韻合

離人伉儷。句任伊筆鋒。韻除他福祿。句憑俺至公。韻縱
連篇珠玉。曾何用。韻朱衣使者白
一名曹文兆、關聖帝
君白
他父親一生爲官淸正、此子勤力攻書、可與科名、
都魁星作寫天榜科朱衣使者白
一名黃佩綬、關聖帝
君白
此人負恩忘本、欺寡凌孤、也該黜退、唱

又一體

貴賤何曾有種。韻只居心善惡、讀卽判窮通。韻
文章窓下自求工。韻闈中得失何曾重。韻朱衣使者白
一名顧汝梅、文昌帝君白
他夫妻行善、篤守信義、屈抑

已久、如今該中了、唱合 今看奮翮。句 羽毛正豐。韻 都魁星作寫天榜科朱衣使者白 其餘舉子、雖無可稱、亦無可議、二帝君唱 青雲得路。句 魚還化龍。韻 須知 桂枝原是人間種。韻 二朱衣使者作呈天榜二帝君作看科白 天榜已定、可命將吏、將這應中者、各插旗幟、使他文思超羣、按榜施行、不得有悞、衆應科二帝君下座科白 正是高懸膽鏡無遺照、得失多從善惡分、衆擁護二帝君仍仝從昇天門下

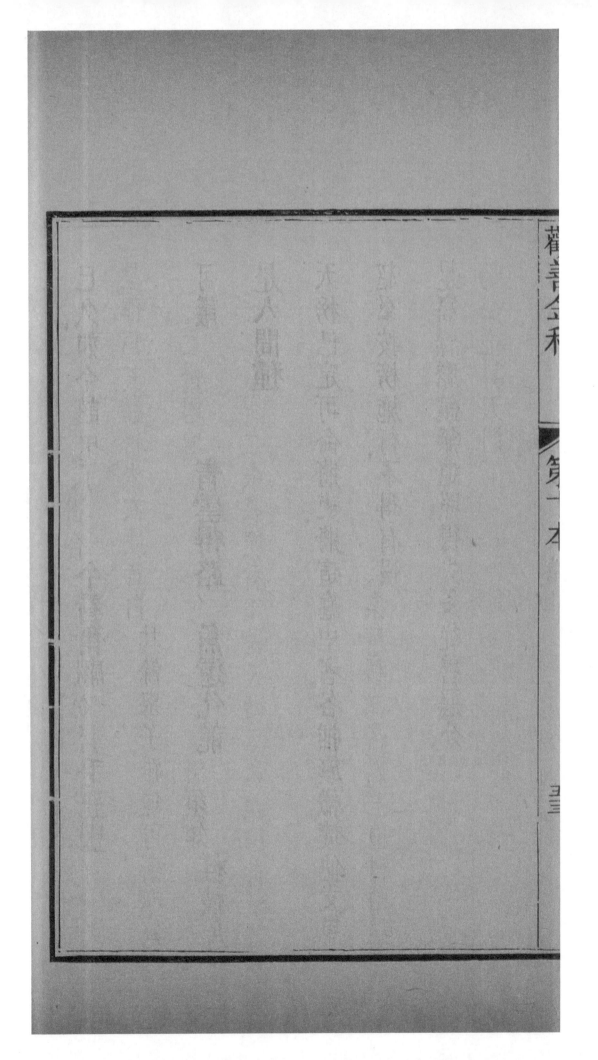

第十三齣　舊遊十地化天宮　先天韻

雜扮二金童各戴紫金冠穿氅繫絲縧執旛雜扮二玉女各戴過梁額仙姑巾穿氅繫絲縧執旛引雜扮十閻君各戴冕旒穿蟒束玉帶仝從酆都門上唱

南呂宮正曲　紅衲襖　破幽冥暉暉的化日懸。韻敞夜臺霏霏的瑞靄現。韻却把座鬼魂匍匐的森羅殿。韻忽變做仙眷逍遥的忉利天。韻畢罷了果報的幾許言。韻消免了輪迴的那一轉。韻便是咱鐵面無私最狠的閻君。句也。
格到今朝一般見修善緣。韻分白秉公執法森羅、報應
從來不爽、火坑開遍蓮華、普度寰區法廣、仝白吾等十
殿閻君是也、地獄天堂一切惟心所造、善緣惡報萬行
以孝爲先、只爲傅相一門、覺路同登、超凡入聖、今奉玉
勅佛旨、遍遊天堂佛國、又令復到此冥府一遊、以釋劉
氏前愆、但今非昔比、吾等須當以禮相待、金童玉女待
傅相一門到時、即忙通報、金童玉女應科衆閻君白從

此酆都無地獄須知冥府有天堂、金童玉女引十閻君
仍從酆都門下雜扮金童戴紫金冠穿氅繫絲縧執旛
雜扮玉女戴過梁額仙姑巾穿氅繫絲縧執旛引外扮
傅相戴紥紅紗帽穿蟒束玉帶帶數珠生扮目連戴僧
帽紥五佛冠穿蟒披袈裟帶數珠末扮益利戴紥紅紗
帽穿蟒束玉帶帶數珠旦扮劉氏戴鳳冠仙姑巾穿蟒
束玉帶帶數珠旦扮曹賽英戴鳳冠仙姑巾穿蟒束玉
帶帶數珠老旦扮張鍊師戴僧帽紥五佛冠穿蟒披袈

裟帶數珠仝從右旁門上唱

又一體

重泉景再從頭看一遍。韻幽冥路早親身來兩轉。韻再沒有搶餐烏飯的寃魂現。韻再沒有討使黃錢的惡鬼纏。韻喜今朝恩與怨皆棄捐。韻幸此生罪和業咸赦免。韻似這等心跡安閒境界光明。句也。格自然的喜非常不待言。韻作到科二金童玉女仍從右旁門下

四金童玉女從酆都門上作接見科向內白　衆位閻君有請、衆閻君仝從酆都門上作迎接科場上設祥雲帳

慢隱設滑油山傅相等作相見參禮科衆閻君白喜逢衆善同臨有失遠迎甚爲不恭之至傅相白念我等遵㒸帝旨佛恩遍遊天堂佛國蓬島仙山劉氏目連白今得復叩森羅殿陛我母子謹此趨承拜謝衆閻君白中謝之言愧不可當皆因夫賢子孝所以一家得成仙眷就是你的罪業也不過因一時之錯激切發誓所致故爾得以超脫設如李希烈朱泚背恩反叛的焉能得有此日今喜善行成全諸業懺悔永享長生樂境可欽可

美、傳相等白我等已曾遊遍天界今特到此呵、唱

仙呂宮正曲皂羅袍趨赴森羅寶殿。韻謝當時懲勸、讀洗滌

前愆。韻今來復至破錢山。叶滑油險峻重觀覷。叶衆閻

君白近蒙玉旨、令太乙救苦天尊、解寃赦罪、囹圄全空、

況天堂地府、本無定所、一切從心所發、但請遊觀、便知

樂境。唱合那滑油山徑。句平登泰然。韻蓮燈相照。句祥

光瑞烟。韻逍遙穩度多歡忭。韻傳相等白多承訓誨、感

恩不淺、衆閻君白好說、金童玉女、可引領前行、沿路逍

遥觀翫。一金童一玉女應科傳相等作拜别科一金童一玉女引衆閻君仍從酆都門下劉氏白追想當初在此陰司地府受了無限顛連驚恐如今又過滑油山未知怎生過去唱

又一體

曾記從前危難。柰崎嶇險峻。無限摧殘。今朝又過滑油山。使我疑慮惟嗟歎。傳相等白何須疑慮來此遊觀必然又是一番景界也唱佛恩慈諭。帝勅賜宣。徐行遊覽。逍遥自然。要知境逐

人心變。內奏樂科場上撤祥雲帳幔現滑油山科雜扮四金童各戴紫金冠穿氅繫絲縧執金蓮雜扮四玉女各戴過梁額仙姑巾穿宮衣執金蓮從兩場門分上在山後立科劉氏白 試看山崖堤畔、照耀光明、山徑平鋪、果是清凉法界也、傅相等白 我等正好登臨觀望、衆金童玉女白 就請衆善人登山眺望、觀覽勝景、傅相等唱

南呂宮正曲 一江風 指山巔。隱隱祥雲現。習習和風扇。

韻劉氏滾白 正是三途一切惟心造、五常萬善孝爲先、想我劉氏生前信善、也曾念佛持齋、因聽讒言、造下許多罪業、若非夫賢子孝、目連白 孩兒焉敢稱孝、劉氏滾白 那有超生之日、看這滑油險峻、都做了如掌平途坦、衆仝唱 共趨前。韻衆執金蓮金童玉女下山遶塲科傳相等作上山科衆仝唱 曲逕雲迷。句 山翠依微顯。韻合 齋心致敬虔。韻 齋心致敬虔。疊 這膏澤滋培遍。韻 總賴佛天垂庇恩非淺。韻內奏樂科傳相等作下山科從左

旁門下衆執金蓮金童玉女從左右旁門各分下場上
設祥雲帳幔隱撤滑油山科復設金錢山隨撤祥雲帳
幔現出金錢山科雜扮八山神各戴卒盔穿門神鎧執
八寶仝從右旁門上白
破錢昔日此山名今喜祥光瑞
靄凝金嶺銀山高接漢善男信女一同登吾等巡護此
山山神是也今有傅氏一門孝善雙全超登極樂復遊
此山舊時破錢山皆變爲金銀寶山上有寶物光華照
耀使他到來穩度此山如登平地觀覽無邊景致得以

逍遥快樂也、我等就此相迎前去、唱

南呂宮正曲 大迓鼓 山圍瑞靄連。韻 蟠凝籠罩、讀 似霧如烟。韻 祥光繚繞空中現。韻 輝騰嶺岫瀁晴暄。韻合 寶燦光華、讀 高映碧天。韻 金童玉女引傳相等仝從右旁門上

唱

南呂宮正曲 一江風 儘盤旋。韻 俯仰雲霞絢。韻 靉靆如飛電。韻 衆山神作見科白 衆位善人駕臨、我等奉閻君法諭、在此恭迎衆位、同登寶山觀翫、傳相等白 有勞相待、就

煩引道、衆山神引傳相等作過山科衆全唱 步山巔。韻

高處清泠。句 心與孤雲遠。韻合 今番非破錢。韻 今番非

破錢。疊 身心俱暢然。韻 總賴佛天垂庇恩非淺。韻衆作

過山科塲上設祥雲帳幔隱撤金錢山隨撤祥雲帳幔

科衆山神白 今已過却寶山、我等就此回覆閻君去也、

傳相等白 相煩多多致謝閻君、說我等多承盛意感佩

實深、容當叩謝佛恩之後、再爲面謝、衆山神應科傳相

等唱

慶餘　天堂地獄只在心頭現。韻　這就裏也不難分辨。韻

算只有一念肫純修善緣。韻　金童玉女引傳相等全從

左旁門下衆山神邊塲亦從左旁門下

勸善金科第十本卷下

第十四齣 新中孤兒成父志 東鍾韻

小生扮陳肇昌生扮朱紫貴小生扮曹文兆雜扮顧汝梅各戴紗帽簪金花穿圓領束金帶披紅仝從上場門上雜扮二院子各戴羅帽穿屯絹道袍繫鑾帶隨上侍立科陳肇昌唱

仙呂宮引 天下樂 天書捧出紫泥封。韻朱紫貴唱 姓字俄看達九重。韻曹文兆唱 曲江赴宴杏園紅。韻顧汝梅唱 烏帽宮花兩鬢籠。龍場上設椅各坐科分白　天榜初開高唱名瓊林宴賜濟時英要知聖世人才盛皆賴皇恩教養成我等幸際文明忝中鼎甲適纔叩謝皇恩隨奉聖旨欽賜瓊林赴宴跨馬遊街賞翫皇州春色似此恩榮隆茂至此極矣朱紫貴白　陳年兄你少年登第文彩翩敢問年兄家中已曾婚配否陳肇昌白　小弟家貧幼孤惟有孀居老母教誨成人並未婚娶朱紫貴白　既是如此小弟願與年兄作伐小弟昔年避亂王舍城中在

於劉賈家中處館那劉賈有一族中姪女四德兼全因
爲父母早亡他父親將偌大家私托與劉賈照看此女
豈料劉賈頓起不仁之心將他家財盡行吞占趕逐此
女住在花園中幾間破屋裏面家岳母常與他往還那
女子就認家岳母爲義母正與陳年兄年貌相當可稱
佳偶陳肇昌白多謝年兄待小弟稟過家母方好行聘
衆全白這是好事想年伯母無不樂從也雜扮四手下
各戴鷹翎帽穿箭袖繫搭包執狀元及第旗全從上場

門上白　我等禮部執事人是也請新狀元等往曲江赴宴這裏是公館了有人麽一院子作出門問科隨引四手下進門相見科四手下白　稟爺請往曲江赴宴各位俱已齊到禮部老爺差人來催了陳肇昌等各起四手下作引出門科二院子從兩場門分下雜扮四傘夫各戴馬夫巾穿箭袖繫肚囊執傘從上場門上衆遶場科

仝唱

中呂宮正曲　山花子　熙朝人物皆梁棟。韻　桃花浪化魚龍。韻

喜聲名上達帝聽。韻降恩綸共沐榮封。韻合醉瓊林扶上玉驄。韻明朝弭筆玉殿中。韻金蓮送歸花影重。韻無任瞻天。讀仰戴恩隆。韻

慶餘 絲鞭緩拂黃金鞚。韻正十里香風輕送。韻看杏苑歸來一色紅。韻全從下場門下

觀音全科　第一本　二

第十五齣　刀山劍樹現金蓮　蕭豪韻

塲上設祥雲帳幔隱設刀山刀上各出金蓮科雜扮九掌花使者各戴花神帽穿花神衣執金蓮花仝從右旁門上唱

中呂宮正曲　駐馬聽　玉斡瓊條。韻異卉奇花鬬艷嬌。韻受幾許和風披拂。句培植工夫，讀雨露恩膏。韻移來地府種山坳。韻點綴刀峯劍嶺誠奇妙。韻白　我等乃衆掌花使者今奉花神法諭蒙上帝勅旨爲因大地寰區是處皆成樂土天堂地獄上下遍布嘉祥此皆聖化所及咸成樂善着我等到刀山之畔在於刀頭現出五彩蓮花以助繁華樂境大家就此前去唱合這蓮蕚淸標。韻當年羞比讀六郎容貌。韻仝從左旁門下雜扮五綽消九各戴遊戲神帽穿遊戲神衣仝從右旁門上唱

南呂宮正曲　金錢花

超然物外逍遙。韻逍遙。格無拘無束歡饒。韻歡饒。格不分地府與靈霄。韻任容與讀恣遊遨。韻

合 心坦坦讀 樂滔滔。韻分白 小子生來伶俐蹴踘尊我把勢少年塲裏馳名歌舞行中得意兒郎好耍好頑落得無拘無制不論往北來東頃刻上天入地人人喜我頑皮箇箇笑我有趣雅名綽號消丸喚作半天遊戲我等綽消丸是也領衆遊戲兒郎每在半天閙耍大凡天上人間所有奇文異事無一不知無一不曉今有傳相一門孝善雙修超登仙界欽奉佛旨帝勅共赴天堂地獄蓬萊仙島各處遊翫適纔又遇見掌花使者前向刀山之上布現五彩蓮花共添勝境以助逍遥樂事我等可吩咐衆兒郎預先到彼遊戲登眺再當相迎傅氏一門衆善便了隨處遊行生歡喜逢場對景笑顏開仝從左旁門下雜扮金童戴紫金冠穿氅繫絲縧執旛雜扮玉女戴過梁額仙姑巾穿氅繫絲縧執旛引外扮傅相戴紥紅紗帽穿氅帶數珠生扮目連戴僧帽紥五佛冠穿氅帶數珠末扮益利戴紥紅紗帽穿氅帶數珠旦扮劉氏戴鳳冠仙姑巾穿氅帶數珠旦扮曹賽英戴鳳冠

仙姑巾穿鼇帶數珠老旦扮張鍊師戴僧帽紥五佛冠
穿鼇帶數珠仝從右旁門上唱

南呂宮
正曲　繡帶兒

遊行處花明景饒。韻見滿目睛空光耀。韻劉氏滾白記得當時、初到陰司、韻喜清風緩送香飄。韻崎嶇路徑、苦楚難禁。唱到今朝穩步逍遥。韻同瞻眺。韻這清幽境界凝望好。韻聽隱隱鳥鳴聲巧。韻合一抹裏烟霞散繞。韻須緩步共登臨。讀細觀佳妙。韻衆仝唱

南呂宮
集曲　梁州新郎首至合　梁州序

滿懷中暢快心苗。韻羨風光

可舒懷抱。韻傳相唱　這陰司地府讀都做了蓬壺仙嶠。韻滾白　今日裏登臨法界、樂善慈祥、所爲何來、唱　欣賴我見行孝。韻　跋涉崎嶇。句向　蓮座誠求告。韻目連滾白　此乃是奉父之命遵領囑咐遺言、爲子的刻苦清修力行孝道、爲母辛勤、我若是不遵父訓、見心何忍、唱　不辭途路遠。讀救母　意堅牢。韻衆全唱　孝善雙修天樣高。韻　當子職。讀　遵親教。韻堪羨　挑經挑像忙馳道。

賀新郎　合至末

韻　誰似得。句如伊　恁全孝。韻五綽消九全從右旁門上

白　頃刻飛騰雲霧裏半天遊戲遍馳名　各作相見科五

綽消九白　原來是勸善太師傅善長者好嗄堪喜一門孝善雙修老安人解脫諸般業境得成正果可羨可敬

傳相等白　請問足下是何姓名因甚廝認我等又且知我們的善果因緣

五綽消九白　小子非別乃是半天遊戲仙雅號喚作綽消九憑你上天入地一應奇文事體無不預先曉得今聞諸位衆善人遍遊天堂地府仙苑蓬山特爲迎迓而來

傳相等白　原來如此只是有勞尊

駕盛情前來迎待實切不當之至五緯消九白豈敢前面就是刀山地獄了請衆善人到彼觀覽一番劉氏作驚懼科白呀好古怪我當初諸般地獄都曾經過惟有這刀山之苦未曾親受今聞此言好疑慮也唱

正宮正曲　昇平樂

聞聽心蕩搖韻使我神昏意亂讀魄散魂消韻此乃是無從行過句惟愁這劍樹峯刀韻目連益利唱休焦韻滾白今旣遊翫而來莫非天意有定亦非人力所爲唱那刀山非舊日堪度韻張鍊師曹賽英滾

白 要知前路遊觀處、再問緣由卽便明、唱 細相問一言
便曉。韻 傳相白 安人、唱合你 何須驚悼。韻待 從頭問明
讀 就裏根苗。韻白 請問遊戲仙前面既是刀山、必定是
箇險峻之所、有何景致、請道其詳、五緯消丸白 奉告勸
善太師、一切惟心所造、諸位衆善、今成正果、自然是現
作種種極樂佳境、劉氏白 這便還好、五緯消丸白 在下
預爲察聽所聞、衆善之慈祥樂事、適纔又遇掌花使者、
亦已先往此山、倍添奇花茂景、所以備悉其詳也、傳相

白。那掌花使者、所添是何景致呢、五綽消丸白。總是到彼便知、就請前往、小子先自告辭、亦在彼恭候便了、五綽消丸全從左旁門下傅相等遶場科全唱

黃鐘宮正曲　降黃龍　名號。韻冥府陰曹。韻舊日的地獄重重讀盡教抹倒。韻全從左旁門下場上撤祥雲帳幔現出刀山科五綽消丸引雜扮衆遊戲兒郎各戴線髮穿採蓮襖從右旁門上跳舞科金童玉女引傅相等全從右旁門上唱那輪廻種種。句諸般罪業、讀再無人造。韻目

連益利唱那善惡。韻陰陽果報。韻都付與一筆勾銷。韻

劉氏滾白 我當初發願花臺、悞聽讒言相勸、以致飲酒開葷、豈料罪名深重、惡報難當、天我情願甘心受囹圄、

唱合 感佛恩赦罪還陽、讀蒙玉旨遨遊仙島。韻

五綽消九全立山上科白 諸位善人到來了、小子在此恭候已久、

傳相等白 遊戲仙勞待了、

五綽消九白 好說請諸善人觀覽景致、

傳相等白 妙嗄你看嶙峋翠黛、五彩蓮花、果然好景致也、唱

大石調正曲　賽觀音　又何須開芳沼。韻一般兒有露珠蕩搖。韻宛雲錦千端籠罩。韻合嬌嬈顏色偏稱日華高。韻衆

遊戲兒郎各作跳舞科五綽消九唱

大石調正曲　人月圓　半空裏。讀遊戲同歡樂。韻箇箇爭誇身輕巧。韻向鬼王窟裏能攛跳。韻也算咱。讀生來手段高。韻合齊歡笑。韻看天堂地獄。讀盡得逍遙。韻領衆遊戲兒郎仝從左旁門下場上設祥雲帳幔隱撤刀山隨撤祥雲帳幔科金童玉女白

請衆善人再往前面遊觀。自

然又有異妙奇觀也、傳相等遶場科全唱

又一體

身過處。讀恣意閒凝眺。韻這風光那似黃泉道。韻喜清涼法界無熱惱。韻頓使我。讀身心物外超。韻合齊歡笑。韻看天堂地獄。讀盡得逍遙。韻全從左旁門下

第十六齣　苦海迷津登寶筏　庚青韻

塲上設祥雲帳幔隱設金橋科雜扮四寶筏長者各戴仙巾穿氅繫縧縧持拂塵仝從右旁門上白

閻浮世界盡春臺聖化流行遍九垓從此衆生齊向善慈航穩駕見如來我等寶筏長者是也平日以爲善居心常年以濟人爲務今者聖化遍沾佛光普照凡是大地人民盡皆行善修福向有世間善男信女於中元之

夕所送蓮船原爲廣修佛事普度羣迷今日俱從奈河岸邊經過直上西方我等須當上前接引者正是得出迷津因轉念欲登彼岸在回頭仝從左旁門下雜扮八善男八信女各戴巾穿道袍衫髦仝從右旁門上唱

中呂宮正曲　駐馬聽

寶筏輕乘韻善信齊將覺路登韻喜從今超昇六道句脫離三途讀度化羣生韻分白我等乃善男信女是也今當中元佳節吾等得駕蓮船竟往西方好不快樂也少刻必有寶筏長者在彼相候我等須

當速往、唱那 愛河風浪自然平。韻 血池腥穢都教淨。韻
合看 一切生靈。韻 慈悲好善、讀 皆成佛性。韻 全從左旁
門下雜扮金童戴紫金冠穿氅繫絲縧執旛雜扮玉女
戴過梁額仙姑巾穿氅繫絲縧執旛引外扮傳相戴紫
紅紗帽穿氅帶數珠生扮目連戴僧帽紫五佛冠穿氅
帶數珠末扮益利戴紫紅紗帽穿氅帶數珠旦扮劉氏
戴鳳冠仙姑巾穿氅帶數珠旦扮曹賽英戴鳳冠仙姑
巾穿氅帶數珠老旦扮張鍊師戴僧帽紫五佛冠穿氅

帶數珠仝從右旁門上唱

又一體　遊覽幽冥。韻　緩步行來路逕平。韻　處處裏人生歡喜。句　物具慈祥、讀　境現光明。韻　劉氏白　一路來看了、這些境界與前迥不相同了、傅相等白　以前那些境界、尚還記得麽、劉氏白　怎麽不記得、只是不要提他罷、唱　思量往事尚擔驚。韻　逍遥此日還多幸。韻合　便平步仙昇。韻　撫今追昔、讀　轉添悲哽。韻　內奏樂科場上撒祥雲帳幔現出金橋科金童玉女白　前面就是奈河了、我們一同過去、劉氏白 記得當初過那奈河橋時上迷毒霧下瞰愁波且有蟲蛇盤踞其上危險異常艱苦萬狀今番怎麽就如此平坦更兼祥雲瑞靄上下籠罩 傅相目連白 一切因緣俱從心起善惡之境惟心所造一念遷善苦海便爲樂土一念作惡菩薩即成羅刹又道是上等好善之人過金橋我們今日昇仙所以奈河橋化作金橋了、劉氏白 原來如此、唱

中呂宮正曲 好事近 此地舊曾經 韻 重到寧堪追省 韻 這眼

前境界句分善惡只爭俄頃韻心中暗驚韻白太師我
兒滾白想當初奈河險峻受盡了許多惡業苦楚伶仃
誰想今日一家人皆成仙眷平步金橋這的是夫賢妻
禍少子孝母心寬了唱虧我兒讀陰司救母擔驚恐叶
衆全唱合本來是幽暗程途句都變做光華風景韻金
童玉女引傳相等仝上橋立科四寶筏長者率衆善男
信女分乘四法船各奏樂科仝從佛門上遶場科仍仝
從佛門下劉氏白那些俱係何等樣人爲什麼乘船在

此經過、金童玉女白　世間所稱善男信女、即此輩人也、所乘寶筏、乃人世中元之夕、所送蓮船、普度羣迷、今者地獄既空、無煩接引、直上西方、永遠逍遙而去、傳相等白　原來如此、兩間之內、俱成善世、這些人民、好慶幸也、四寶筏長者、衆善男信女、復乘船各持金蓮花、仝從佛門上遶場科、仍仝從佛門下、傳相等唱

又一體　衆生。韻　此日盡超登。韻　菩提念人人同秉。韻　福因善果。句　並不是空花幻影。韻　諸緣淸淨。韻　證圓通。讀

直上了靈山頂。韻劉氏唱合歎從前似覺還迷。句到今朝如夢方醒。韻傅相白多蒙金童玉女、引領我等冥府之中、觀覽已遍、不勞遠送、相煩多多致意閻君。金童玉女應科仍從右旁門下傅相白我等好隨着雲霞旋繞、再至海外各仙山遊翫一番。劉氏等白這等甚好。唱

慶餘送雲軿消幾陣天風勁。韻再去覽海外的風光佳勝。韻待遊遍仙鄉。那時節方將法界登。韻仝從左旁門下

第十七齣　遊杏苑初會同年　江陽韻

雜扮四手下各戴馬夫巾穿箭袖卒褂執儀仗雜扮四堂候官各戴紗帽穿圓領束銀帶引外扮馮盛世戴紗帽穿蟒束玉帶從上場門上唱

雙調引　醉落魄　芙蓉闕下恩綸降。韻 曲江宴上。韻 紛紛多士沾天眖。韻 滿座簪裾。句 盛典豈尋常。韻 中場設椅轉場坐科白

禮闈新榜動長安九陌人人走馬看、一日聲

名遍天下滿城桃李屬春官下官禮部尚書馮盛世是也舊例欽賜新進士赴宴瓊林然後跨馬遊街早上欽奉聖旨特命下官前來陪宴恭逢聖世人才日盛我看諸進士少年英俊才品兼優實乃靑錢萬選不負聖天子養士之隆也堂候官衆進士到時即忙通報四堂候官應科馮盛世白

筵前先醉瓊林酒馬上欣看上苑花

衆引從下場門下雜扮四手下各戴鷹翎帽穿箭袖繫搭包執狀元及第旗引小生扮陳肇昌生扮朱紫貴小

生扮曹文兆雜扮顧汝梅各戴紗帽簪金花穿圓領束
金帶披紅雜扮四傘夫各戴鷹翎帽穿箭袖繫肚囊靴
傘隨從上場門上陳肇昌唱
仙呂宮引 **似娘兒** 雲路共翺翔。韻朱紫貴唱 奮鵬程萬里飛
揚。韻曹文兆唱 臚傳金殿高聲唱。韻顧汝梅唱早 身上
瀛洲。句衆全唱 名登龍虎。句 衣染天香。韻作到科內奏
樂科衆手下全從上場門下四堂候官引馮盛世從下
場門上各作相見科四進士白 大人請上待我等拜見

馮盛世白　下官也有一拜、各作拜見科分白　旭日杲恩霽色開、鴻臚聲徹殿頭來、花頒禁苑初聞詔、酒賜天廚共舉杯、場上設椅各坐科馮盛世白　恭喜諸公高才及第、附鳳攀龍、老夫不勝榮仰、四進士白　我等恭逢聖代、作養人才、得以名塡珠榜、金殿傳臚、自愧菲材、實深惶悚、馮盛世白　深喜年來斯文日盛、還當勉力做箇實學醇儒、以報聖天子養士之隆也、四進士白　多蒙老大人期望、自當永佩嘉言、四堂候官白　禀上老爺宴已齊備、

請上席、各起隨撤椅科場上設筵席四堂候官作送酒

科衆作定席行禮畢各坐科仝唱

仙呂宮夜行船序

正曲

杏苑風光。韻美筵開玳瑁、讀酒泛瓊漿。韻臨風奏、讀聒耳笙歌嘹喨。韻傳觴。韻拚得今朝。句酒淹衫袖、讀醉後扶歸馬上。韻合徜徉。韻任逍遥香塵紫陌、讀並轡遊韁。韻內奏樂科衆起隨撤筵席科四進

士仝作謝恩科唱

仙呂宮黑麻序

正曲

相將。韻遥拜天閶。韻看朝朝染翰、讀侍

奉君王韻 早身遊鼇禁讀 序列鵷行韻 恩光韻 咸沾霈
澤長韻 同聲齊頌揚韻合 喜飛黃韻似 九苞鳴鳳讀 雲
際迴翔韻 內奏樂科二堂候官跪捧酒盤四進士各作
取杯飲科衆手下仍從上場門上四進士作拜別科四
堂候官引馮盛世仍從下場門下衆手下引四進士遶
場科仝唱

仙呂宮
正曲
錦衣香 驟康莊句 身披絳韻 共騰驤句 多歡暢
韻看 帝里繁華句 疑遊蓬閬韻過 萬花深處輿偏長韻

那紅樓十二。句競奏笙簧。韻身遊佳麗場。韻錦皇州無限風光。韻合不許遊韁放。韻徐徐觀望。韻把帝城春色讀盡教翫賞。韻

慶餘日華高照乾坤朗。韻遍宇宙昇平景象。韻從此後拜手賡歌齊祝頌帝道昌。韻全從下場門下

勸善金科第十本卷下

第十八齣　拜萱堂重題昔日　齊微韻

旦扮張氏穿老旦衣從上場門上唱

仙呂宮引【紫蘇丸】思兒日夜啼痕積。韻喜如今錦衣歸里。韻見征塵起處玉驄嘶。韻悮幾回摩挲老眼門前立。韻中塲設椅轉塲坐科白老身張氏煢煢孤苦、教子讀書、幸邀天眷、我孩兒得中狀元、幾日前先有書來、報知榮歸信息、這時候一定到家也、雜扮四手下各戴鷹翎帽穿箭袖繫搭包執狀元及第旗引小生扮陳肇昌戴紗帽簪金花穿圓領束金帶披紅作乘馬科雜扮傘夫戴馬夫巾穿箭袖繫肚囊執傘隨從上場門上衆遶場科仝唱

仙呂宮皂羅袍　正曲

紅杏花明十里。韻映珊鞭金勒讀去馬如飛。韻宮袍風遞御香微。韻題詩猶是扶殘醉。韻合前程錦片。句蛟龍奮飛。韻功名壯志。句風雲遇奇。韻青年競美登科第。韻作到科陳肇昌作下馬科白衆人迴避眾應科仍從上場門下陳肇昌作進門科張氏白　我兒回來了、陳肇昌白　久別慈顏、有違定省、母親請上、待孩兒拜見、張氏白　一路風霜勞頓、不消拜罷、陳肇昌作拜見科唱

仙呂宮正曲　風入松天涯魂夢繫慈幃。韻怨孩兒甘旨久虧。

韻張氏作扶起科白　吾兒今日得中回來、也與你爹爹爭氣、作慘慽科陳肇昌白　呀、母親、今日合當歡喜、爲何悶悶不樂、唱因甚的．愁痕黯淡眉峯際。韻語言裏暗藏

悲慽韻合莫非痛嚴父不及見榮歸韻因此上淚珠垂
韻張氏唱

又一體

今日裏
堂開晝錦戶生輝韻你娘心喜轉增悲
韻白兒嗄、做娘的心事、一言難盡、唱若將往事重提起、
韻猶恐怕兒添悲淚韻合這寃恨塡胸沒盡期韻今日
裏告兒知韻陳肇昌白望母親快說與孩兒知道、張氏
白兒嗄、向因你年紀尚幼、兒孤婦寡、財勢俱無、說也沒
用、所以未曾提起、今喜兒已成名、你父親在九泉之下、

纔有伸寃的日子了、唱

又一體　吾兒忍讀蓼莪詩叶　你嚴親身喪堪悲韻白　兒嗄、當初你父親因年歲饑荒、欠了土豪張捷的利銀、將你賣在他家、那張捷、又使人誣告你父親是李希烈的奸細、把他陷在獄中、唱　可憐一片無瑕璧韻　和瓦礫一般俱碎韻合　平白地災殃頓罹韻　鸞和鳳痛分飛韻白　你父親竟被張捷、活活謀死在獄中的、陳肇昌白　呀爹爹原來被張捷那廝、謀死獄中的、兀的不痛殺我也、作

哭倒科張氏作扶起科白　我兒甦醒陳肇昌白　我那爹

爹嗄唱　你在囹圄寃魄九泉啼韻　恨奸謀屈害誰知韻

又一體

白　母親那張捷爲何事下這般毒手呢張氏白　他不過

爲色起見你爹爹死後便寫下一張五十兩的假契前

來逼討那時正值你祖母病危之際做娘的無計可施

唱　那鴟鴞便欲思鸞配韻陳肇昌白　其時便怎麼樣呢

張氏白　其時我立意不從你祖母見這種光景懊恨身

亡可憐殯葬無資做娘的只得含羞帶淚往親戚人家求助。唱 中途裏又遭奸計。韻陳肇昌白 却又有什麼計呢。張氏白 那廝帶領家人追到中途思量硬搶那時你娘正要尋箇自盡幸遇王舍城中傳長者相救又蒙他代我出銀一百兩償了那惡棍的假債領你回來又助棺木收殮你祖母兒嗄我和你纔有今日。唱合 這千般苦教娘訴誰。韻 恩和怨你須知。韻陳肇昌唱

又一體 聞言轉令淚收頤。韻 霎時間怒塞肝脾。韻白 孩

兒呵唱 讀書豈肯虧名義韻 親恩大如天如地韻合一封奏跪陳玉墀韻 誅梟獍莫教遲韻白 孩兒即日上表陳情辯白爹爹罪名請旌母親節義訪拿張捷那厮斬首報讐張氏白 既然如此也不枉你爹爹生你一塲陳肇昌作跪科白 有一事禀告母親張氏白 起來講陳肇昌作起科白 孩兒在京之日多蒙同年朱紫貴作伐將王舍城劉廣淵之女許配孩兒聞那劉氏也是孤女不知母親意下何如張氏白 如此甚好陳肇昌白 孩兒明

日就煩地方官申奏朝廷便了。張氏唱

慶餘　吾兒幸得身榮貴。韻陳肇昌唱　共話一番悲喜。韻

張氏白　若得你成就劉氏婚姻、你父親一靈呵、唱　道是

虎口孤兒協唱隨。韻全從下場門下

第十九齣　帽簪花筵開東閣　江陽韻

雜扮四手下各戴馬夫巾穿箭袖卒褂執儀仗引生扮朱紫貴戴紗帽穿圓領束金帶捧聖旨從上場門上衆遶場科仝唱

仙呂宮正曲　六幺令　丹書賜將。韻　鳳銜來五色輝煌。韻　草茅頓覺際恩光。韻　新雨露。讀　喜汪洋。韻合　幸天今日伸寃枉。韻　幸天今日伸寃枉。疊　仝從下場門下小生扮陳肇

昌戴紗帽穿圓領束金帶從上場門上唱

小石調引　撻破歌　春風今日滿華堂。韻　寵成喜氣榮光。韻　雜扮四院子各戴羅帽穿道袍從兩場門分上侍立科陳肇昌白　下官陳肇昌、忝中魁元、蒙聖恩特授翰林院修撰之職、爲母陳情、表題節義、想指日必有聖旨到來、母親有請、旦扮張氏戴鳳冠穿圓領束金帶從上場門上雜扮四梅香各穿衫繫汗巾隨上張氏唱

仙呂宮正曲　六幺令　蛾眉搆殃。韻　一家裏零落參商。韻　今朝

蓬戶有輝光。韻兒及第、讀姓名揚。韻合幸天今日伸寃

枉。韻幸天今日伸寃枉。疊雜扮院子戴羅帽穿屯絹道

袍繫鑾帶從上場門上白有事忙傳報、無事不亂傳禀

老爺、朝廷差朱老爺、齎旨前來旌奬、滿門皆有封贈、陳

肇昌白快排香案伺候、院子應科從下場門下內奏樂

科四手下引朱紫貴從上場門上白一封丹鳳詔、飛下

九重霄、四手下仍從上場門下陳肇昌作出門跪迎隨

引朱紫貴進門科朱紫貴白聖旨已到、跪聽宣讀、皇帝

詔曰、朕惟天道昭昭、無不彰著、善惡之事、久則涇渭自分、陳榮祖身受不白之寃、死於獄底、可贈河南府刺史、其妻張氏、拒姦全節、教子成名、封爲恭人、着地方官建坊表異、以示褒贈、欽哉謝恩、內奏樂科張氏陳肇昌仝作謝恩科陳肇昌接旨隨付院子科朱紫貴白 年伯母拜揖、張氏白 大人少禮、朱紫貴白 年伯母苦守節操、令人仰慕不淺、小姪一來齎旨褒贈、二來送劉小姐到門完姻、張氏白 多蒙如此厚恩、何以圖報、朱紫貴白 好說、小姪就此告辭、張氏白　再請少坐、朱紫貴白　不消了、堪羡洞房花燭夜、不殊金榜掛名時、作出門科四手下從上場門上引朱紫貴仍從上場門下張氏白　可速備花燭迎婚、雜扮八六局人各戴紅氈帽穿窄袖繫搭包持燈籠樂器丑扮儐相戴儐相帽穿藍衫披紅雜扮二轎夫各戴紅氈帽穿窄袖轎夫衣擡轎引小旦扮劉巫雲戴鳳冠搭蓋頭穿圓領束金帶坐轎內從上場門上衆遶場科仝唱

商調引　逍遥樂　簇擁神仙仗。韻　一陣香風環珮響。韻　笙歌齊奏聲嘹喨。韻　路人爭美。句　瓊枝連理。讀　錦翼鴛鴦。韻

作到科四梅香作出門迎接隨扶劉巫雲下轎科轎夫擡轎仍從上場門下衆仝作進門各分立科衆樂人奏樂儐相照常讚禮陳肇昌劉巫雲仝作拜天地科衆六局人儐相虛白作出門科仍仝從上場門下張氏白　大家拜謝聖恩。衆仝作謝恩科唱

羽調正曲　排歌　地下人間。讀　均沾寵光。韻　天家惠澤汪洋。韻

喜 荷衣新惹御爐香。韻更花燭良宵啓洞房。韻合紅葉句。句紫泥章。韻還欣福至得成雙。韻節和孝。句共一堂。韻榮華茀祿永綿長。韻

慶餘 重重喜事從天降。韻郎才女貌果相當。韻可知道積善之家後嗣昌。韻全從下場門下

勸善金科　第十本卷下

雜扮八仙童各戴仙童巾穿水田氅繫絲縧引雜扮八散仙各戴仙巾穿氅從上場門上全唱

第二十齣　盤獻果會赴西池　尤侯韻

正宮正曲　普天樂　住蓬瀛逍遥久。韻　覷雙丸如梭驟。韻　數不盡運會遷流。韻　笑塵寰大海浮漚。韻

分白　山上蟠桃一熟人間甲子三千碧雲紫府日如年恰值昇平清宴我等乃度索山仙子是也昨日金母邀集十洲三島諸仙

蟠桃大會、觀音菩薩從南海來赴、你看祥雲縹緲、瑞氣氤氳、法駕將次來也、童子、今日蟠桃大會、可吩咐衆猿猴摘取蟠桃供獻、不得有違、八仙童應科八散仙唱合

美冰桃似斗。韻曾傳曼倩偷。韻今日裏瓊筵設宴韻仙果爭投。韻全從下場門下八仙童白猿猴何在、雜扮十二猿猴各穿猿猴切末從兩場門分上全唱

正宮正曲　醜奴兒近

雲藏霧守。韻曾把天書研究。韻說甚麼巫峽凄涼。句三聲腸斷堪愁。韻越女偕遊。韻洞天淸福

同消受。韻合 逐隊聯儔。韻 嘯清風明月 讀 別開世宙。韻

八仙童白 仙師有旨、着爾等摘取蟠桃、照數交明毋得竊啖、有干降謫、衆猿猴白 領法旨、唱

又一體 何求。韻 巖穴深棲。讀 無災無咎。韻 幾樹瑤林。句欣見實繁枝茂。韻 職司監守。韻 晝夜更番不暫休。韻合一聲輕溜。韻 有傳旨仙官。讀 口勅宣授。韻 全從下塲門下衆仙童白 安排綺席好、祗候衆仙來、全從下塲門下

小生扮善才戴線髮軟紮扮執淨水瓶小旦扮龍女戴

過梁額仙姑巾穿宮衣臂鸚哥引旦扮觀音菩薩戴觀音兜穿蟒披袈裟帶數珠持拂塵從上場門上仝唱

正宮正曲　錦纏道　偏神州。韻　燭毫光有三關四流。韻　浩劫法輪周。韻　問津涂。讀　何人無礙行遊。韻　白　我乃觀音大士是也渡杯南海傳鉢西天感應慈悲法雲普蔭靈通變化神咒消災度盡衆生現身說法昨日金母相邀赴度索山蟠桃大會不免前去走遭也　唱　坐蓮臺早離海陬。韻　望崑崙西去烟浮。韻　早過玉溪頭。韻　欣滿眼琪花蓬圍。韻雜扮八仙各戴八仙巾穿八仙衣持八仙切末生扮福星戴福星帽穿福星衣束玉帶末扮祿星戴祿星帽穿祿星衣束玉帶淨扮壽星戴壽星套頭穿壽星衣繫絲縧仝從上場門上唱

餐霞洗伐求。韻合好把那金經同叩。韻特來到讀法苑會仙儔。韻白原來是菩薩、小仙等稽首、觀音菩薩白列位仙長何往、三星白因金母相召、往度索山蟠桃大會故爾前來、觀音菩薩白妙嗄、我正欲到彼、恰好同行、三星白願隨法駕、衆遶場科仝

唱

正宮正曲

玉芙蓉 雲中控鶴遊。韻 脇下聞獅吼。韻 恰無生妙旨。讀 仙佛同搜。韻 香風一苑呈花柳。韻 覺義三車辨鹿牛。韻合 齊叅究。韻 向靈山座右。韻 瞬息間讀 相逢一笑共淹留。韻

全從下場門下外扮傳相戴紥紅紗帽穿蟒束玉帶帶數珠生扮目連戴僧帽紥五佛冠穿蟒披袈裟帶數珠末扮益利戴紥紅紗帽穿蟒束玉帶帶數珠旦扮劉氏戴鳳冠仙姑巾穿蟒束玉帶帶數珠旦扮曹

賽英戴鳳冠仙姑巾穿蟒束玉帶帶數珠老旦扮張鍊師戴僧帽紮五佛冠穿蟒披袈裟帶數珠仝從上場門上唱

正宮正曲 傾盃序 夷猶。韻 向五城十二樓。韻 遐舉層霄九。韻 悟澈明鏡菩提。句 水月空花。句 昨非今是、讀 無慮何憂。韻 劉氏白 我們遊過天宮地府、又來到此、你看海外仙山、別有一番景致也、衆仝唱 但見奇葩異卉。句 吐香爭艷、讀 鹿遊麟走。韻 合 展心神、讀 喜 一家爲善盡成就。韻

全從下場門下三星八仙善才龍女引觀音菩薩從上場門上全唱

又一體

遨遊。韻或乘鸞或駕蚪。韻天外時翺首。韻覺雲氣瀰漫。句日色曈曨。句遙山嵐起、讀遠水光浮。韻芳菲美景。句儘堪欣羡、讀領奇探秀。韻合引霓旌、讀看取前來若箇仙友。韻

傳相等從上場門上全作參見觀音菩薩科目連白不知大慈菩薩駕臨、弟子正欲恭詣南海蓮座、叩謝深恩、今日得接慈光、先申拜謝、觀音菩薩白

美爾孝善兼修、一門俱成正果、從此西天有路、極樂可登、正所謂苦海茫茫、回頭是岸、可喜可喜、見了列位上仙、傳相等全作參見三星八仙科三星八仙白 恭喜善知識、超凡入聖、傳相等白 多謝列位上仙福庇、觀音菩薩白 目連、唱

正宮正曲 醉太平 你心存孝友、韻 便先賢古聖、讀 也稱希有、韻 千回百折、句 一身歷盡重幽、韻 劉氏你知否、韻 非佳兒見佛相求、韻 怎能彀脫然無咎、韻 合今日裏仙班消

受。韻　把從前惡因讀　一筆都勾。韻　白　今日我與列位上仙同赴大會、此去度索山不遠、爾等幸遇仙緣、可同前往、傳相等白　多蒙菩薩挈引、衆仝唱

又一體

雲浮韻　白衣蒼狗。韻　問虛空幻形、讀　一霎烏有。韻　塵飛夢醒。句　不知幾度春秋。韻　領受。韻　壺中日月最清幽。韻　更風送寶林鋪繡。韻合　羽衣霞袖。韻　待長生共話。讀　赤水丹邱。韻　塲上設度索山衆作到山科八散仙從兩塲門分上仝白　大慈法駕、各位上仙降臨、有失遠

迎望乞恕罪、觀音菩薩三星八仙傳相等仝虛白科八散仙白　請大慈陞座、容小仙等稽首、內奏樂科衆白　你聽法音嘹喨、想是金母來也、雜扮十二仙女各戴魔女髮穿宮衣執寶花雜扮十二仙童各戴線髮穿採蓮衣繫絲縧執靈芝雜扮二仙女各戴過梁額仙姑巾穿宮衣捧爐引老旦扮西池金母戴鳳冠仙姑巾穿蟒束玉帶帶數珠從上場門上衆遶場科仝唱

正宮正曲　小醉太平　層巒列岫。韻　鋤香擷秀。韻　幽棲度索萬

千秋。韻合一 任烏飛兔走。韻

又一體 烟霞片片籠輕袖。韻 無邊景色摩挲久。韻合 採珠拾翠到瀛洲。韻 綺席將進酒。韻作到山與觀音菩薩相見科觀音菩薩白 貧僧與衆仙、等候已久、金母爲何來遲、西池金母白 因貪翫山水、不覺來遲、反勞等候、三星衆仙仝作叅見科白 金母在上、容弟子等叅見、西池金母白 生受爾等、傳相等作叅見科白 金母在上、容弟子等叅見、西池金母白 這就是目連大師家屬麼、觀音菩薩虛白科西池金母白　妙嗄、母子重逢、又值蟠桃佳會、眞乃是仙緣輻輳也、八散仙白　請金母菩薩、衆位仙長享宴蟠桃、山上設蟠桃筵席衆各陞座科仝唱

正宮集曲　錦庭芳　錦纏道首至六　喜添籌。韻　俯人寰騶光怎留。韻　一醉覗千秋。韻　聽仙韶、讀　泠泠響叶清謳。韻　底須問　鱠蓬池玉鯉蘭羞。韻　十二猿猴從兩場門分上獻蟠桃科白　小猿叩叅金母菩薩各洞上仙、八散仙白　爾等各捧蟠桃舞跳一回、筵前侑酒、十二猿猴白　領法旨、仝作跳舞

科唱一顆顆進蟠桃甘美香浮。韻滿庭芳合至末結實三千年後。韻玉盤盛讀和露潤泛金甌。韻仍從兩場門分下

西池金母白敝山產有五色靈芝、採得幾種在此、仙童仙女舞獻筵前、少申微意、衆仙童仙女應科內奏樂科十二猿猴復從兩場門分上跳舞科衆仙童仙女合舞科仝唱

仙呂宮正曲　鵝鴨滿渡船

採靈芝孽在手。韻採靈芝孽在手。疊五色光明耀十洲。韻人間曾未有。韻人間曾未有。疊

好把舞場紅錦地衣鋪句飄飖舞裙歌袖韻金如意句
玉搔頭韻絳節珠幢間綵斿韻竦身迴望久韻竦身迴
望久疊合則聽聲聲疊鼓句頻頻催拍句兀的不是讀
鳳下秦樓韻

仙呂宮正曲　赤馬兒

瑞彩橫流讀迴環馳驟韻瞬息簇成丹
書字句飛來鸞翅沉浮韻垂手恰纔句折腰還又韻筵
前稽首韻合願增算如天久韻願增算如天久疊衆仙
童仙女舞畢十二猿猴仍從兩場門分下傳相等白妙

嗄、六英三秀、珠葉翠莖、一齊昭現、我等見所未見、不勝慶幸之至、西池金母白 再請菩薩衆仙同至西池賞翫一番、觀音菩薩白 如此更好、即當隨往、目連白 本當隨侍、因母子叩謝佛恩心切、先行告辭、八散仙白 小仙等相送一程、內奏樂衆下座科衆全唱

慶餘 蟠桃盛會稱奇遘。韻看 法雨慈雲垂宇宙。韻傳相等作拜別科從下場門下衆全唱這度索山 萬載流傳仙佛藪。韻內奏樂全從上場門下

第二十一齣　遊海島恰遇獻琛　江陽韻

雜扮十六小番各戴八蠻帽穿八蠻衣執八色標鎗雜扮八捧寶小番各戴八蠻帽穿八蠻衣捧八般寶物引雜扮八蠻王各戴八蠻王帽穿八蠻王衣雜扮八執纛小番各戴八蠻帽穿八蠻衣執八色纛仝從上場門上八蠻王唱

中呂調　粉蝶兒

套曲

帝道遐昌。韻仁風被窮荒僻壤。韻果然

是治比陶唐。韻　獻共球。句　陳玉帛。句　一處處來王來享。一

韻行過處喜見這、錦繡風光。韻　衡一片太平景象。韻分

白　德化流行遍八埏、不辭重譯遠朝天、金堦拜舞齊稱祝聖主垂衣億萬年、俺乃朝鮮國王是也、俺乃安南國王是也、俺乃琉球國王是也、俺乃日本國王是也、俺乃西洋國王是也、俺乃哈蜜國王是也、俺乃紅毛國王是也、俺乃暹邏國王是也、全白　今者恭逢聖皇御宇、我等遠沾至化、久沐仁風、感戴之心既深、瞻依之願更切、爲

此相約各國同往神州朝貢以申敬仰之誠一路行來

前面巳近海濱須索趲一程者衆小番帶馬衆小番應

科外扮傳相戴紥紅紗帽穿鼇帶數珠生扮目連戴僧帽紥五佛冠穿鼇帶數珠末扮益利戴紥紅紗帽穿鼇帶數珠旦扮劉氏帶鳳冠仙姑巾穿鼇帶數珠旦扮曹賽英戴鳳冠仙姑巾穿鼇帶數珠老旦扮張鍊師戴僧帽紥五佛冠穿鼇帶數珠仝從上上場門上場上設雲椅

傳相等仝立椅上科八蠻王衆小番仝遶場科八蠻王

唱

中呂調套曲　醉春風　看迢迢途路長韻漠漠川原廣韻俺可也坐雕鞍挽定了紫遊韁韻向周道往韻往韻喜睹道佳麗風光韻昇平人物句盈寧景況韻衆小番擁護八蠻王全從下場門下傳相等各下雲椅隨撤椅科傳相等白妙哉妙哉我等適纔遊過海島欲往西天叩謝佛恩在此經過恰見外國蠻王遠沾德化不辭萬里共詣天朝從約朝貢果好昇平盛世也唱

中呂調
套曲 石榴花 果然是一人有慶萬民康。韻只見那仁
澤被遐荒。韻白那些國王唱人殊服異諸般樣。韻獻珍
寶來貢上俺這明聖君王。韻劉氏唱我如今離地獄翫
天堂。韻滾白都虧了目連和尚唱把從前罪孽消償。韻
傳相等白我等無掛無礙唱果然逍遙自在也唱遊遍許
多名山佳壤。韻超正果任意樂徜徉。韻仝從下場門下
雜扮嘉慶子瑞鶴仙各戴過梁額仙姑巾穿宮衣雜扮
吳綵鸞麻姑各戴鳳冠仙姑巾穿仙衣雜扮祝鷄翁外

扮李厚德各戴仙巾穿氅繫絲縧持竹杖丑扮寒山副
扮拾得各戴頭陀髮紮金箍穿氅繫絲縧帶項圈掛金
錢持拂塵仝從上場門上唱

中呂調套曲 鬬鵪鶉

你看那山水蒼茫韻俺這裏尋芳浪蕩
韻閒誦着幾卷黃庭句運神功心清氣爽韻最好是壺
裏乾坤日月長韻有肘後方韻不許那暑往寒來句惟
顧我修真浩養韻分白小仙寒山小仙拾得小仙李厚
德小仙祝鷄翁我乃麻姑仙子我乃吳綵鸞我乃瑞鶴

仙、我乃嘉慶子吾等焚修洞府絶跡塵凡瞥見景星現、慶雲生、風調雨順、五穀豐登、天地清爽、日月光明、乃中華聖主仁德所感、爲此相聚各洞神仙齊往神州貢獻靈芝瑞草異卉仙丹、頌祝昇平盛世、萬壽無疆、內奏樂科衆仙白 你看那邊、又有一簇人來也不知往那裏去的、寒山拾得白 原來是目連和尚傅氏一門、近日昇天已成正果、李厚德白 原來是我故人、這也可喜、寒山拾得白 我更與他有舊、做過生意哩、衆仙白 那有此事、寒

山拾得白　諸位不信、看我當面問他、傳相等仝從上場門上唱

中呂調套曲　上小樓　遊遍了無窮仙壤。韻周天四方。韻那壁廂羣仙一簇。句雲水徜徉。韻須向前詢問端詳。韻衆仙白　來者莫非傳善人目連長老、一家眷屬麽、傳相等白　然也、列位上仙稽首、李厚德白　傳翁別來無恙、傳相等白　李長者如何也在此、李厚德白　上帝以我好善、已登仙籍矣、劉氏白　當日不聽公公好言相勸、幾致永沉地

府、虧我孩兒孝善雙全、救拔沉淪、超昇天府、相見公公、實深慚愧、李厚德白 老嫂當時執性、一旦回頭、靈山不遠、今見合府俱成正果、曷勝欣喜、傅相等白 我等有何僥倖、得與諸位上仙相會、啓問諸仙長今欲何往、衆仙白 我等欲往神州叩賀聖朝、以申敬仰之誠、寒山拾得向目連白 傅善人、可還相認我二人否、目連白 貧僧從未與二位仙長識面哩、寒山拾得白 你當初在蘇州、置賣緞疋、纔算得我們大主顧哩、目連白 請仙長乞道其

詳、寒山拾得白　俺二人呵、唱見你孝心腸。韻善行藏。韻

要時間　幻將銀兩、韻　買恁這緞疋千箱。韻　目連白　原來

上仙慈悲、點化愚凡、那時貧僧俗眼凡胎、如何認得、今

日却理會了、傳相等白　我等思欲一返故鄉、觀覽風景、

然後再往西方、叩謝佛恩、衆仙白　桑梓之鄉、自應關切、

且往遊觀、那時同登極樂、拜謝佛恩、永享逍遥之境、內

作水聲科　傳相等白　你看那邊水雲布合、不知是何神

聖來也、我等迎上前去、衆仙仝唱

又一體

幸遇着故人相傍。韻諸仙並行。韻擡頭見茫茫
滄海。句那裏家鄉。韻憑空遥望。韻雜扮八水卒各戴馬
夫巾水卒臉穿蟒箭袖卒褂執旗引雜扮四海龍王各
戴龍王冠臉穿蟒束玉帶仝從上場門上唱俺可也分
波浪。韻出水鄉。韻領一隊蝦兵蟹將。韻早離了龍宮海
藏。韻各作相見科白列位大仙我等有失遠迎望乞恕
罪衆仙傅相等白有勞龍神大駕甚爲不當四龍王白
不敢適間暗送外國諸王所以來遲今特迎迓前面已

近海濱、我等護送而行、傳相等白阿彌陀佛、遇此善緣感激不盡、衆全唱。

煞尾

蹕滄溟穩渡無波浪。韻也抵得初祖東來一葦杭。韻喜得箇風和日暖天清朗。韻一望裏萬頃汪洋平似掌。韻全從下場門下

第二十二齣 過田家尚思焚券 齊微韻

雜扮三老各戴巾穿道袍持拄杖繫絲縧仝從上場門

上唱

仙呂宮正曲 步步嬌 歲稔時清昇平世。韻 深夜門無閉。韻 途中不拾遺。韻 分白 我們乃王舍城外盈寧堡安樂村疎散閒叟時當年豐物阜家裕人和各村中人皆稱我們是三老值此春融日麗農事盡興大家閒步田間遊覽一回却不是好說得有理就此同往全唱只見淡蕩春光句花攢錦綺韻合轉過綠楊堤韻聽枝頭黃鳥聲流麗韻全從下場門下雜扮前村衆老少農民各戴氈帽穿各色衣持農器扶犂全從上場門上唱

又一體

荷鍤如雲春耕矣韻雨足田家喜韻還欣沃土肥韻有事西疇句黍秔咸藝韻分白我等乃王舍城外慶豐集擊壤屯衆農民的便是我們這裏地方年年來禾生九穗麥秀兩岐果然戶裕家饒人民樂業今日天氣

晴明、大家到田中去、各做生活、便了、說得有理、就此前去、仝唱合　春日正遲遲。韻　休把田功廢。韻雜扮後村衆老少農民各戴氈帽穿各色衣持農器扶犂仝從上場門上唱

又一體

科前村農民白　暖氣融和春明媚。韻　禹甸勤生計。韻各作相見

原來是後村的衆位、也要到田中去做生活麽、後村農民白　正是、恰好相遇諸位、到此、大家同行、衆仝唱　官清無是非。韻　真箇　雨露桑麻。句　百姓歡喜。

韻合　柳外共扶犁韻　閒話黃農世韻白　我們鋤的鋤種、的種、各各做起生活來。、唱

仙呂宮集曲　沉醉海棠沉醉東風首至合　四肢勤手胼足胝韻　不敢告三時勞瘁韻　驅黃犢把鉏犁韻去　南山蕪穢韻　好望慶秋成與與翼翼韻月上海棠合至末　春郊麗韻　綠畝青疇、讀　景物芳菲韻雜扮衆農婦村姑孩童等各穿道袍衫繫腰裙持筐籃作送飯科仝從上場門上唱

又一體　日中時隴頭定饑韻　裹飯向南村遥饋韻　和童

子共提攜。韻過 橋灣水際。韻 輟耰鋤早見他 樹陰休憩
韻眾農民白 午飯來了。你們拿來擺在這柳陰下。却不
是好。眾農婦應科唱合 田家味。韻 麥飯青蔬。讀 別樣甘
肥。韻 眾農民共午飯科眾農婦白 我們就同到那邊採
蠶葉去。虛白仝從下場門下三老仝從上場門上唱
仙呂宮正曲 豆葉黃 過深林僻路。讀 又轉向平堤。韻 看一帶
綠陰初茂。句 融洽溪光山翠。韻白 一逕行來。那些淑景
暄妍。田家樂業。眞是太平有象。眾農民白 原來是三位

老翁到此課農遊樂却也有興嗄三老白　你們須知耕鑿優游安居樂業豈是易得的麼唱　追呼無吏。韻　飽食煖衣。韻　皆聖德湛恩時布。句　衆農民唱　感聖德湛恩時布。疊合　鼓腹含哺讀　寰宇熙熙。韻　雜扮二樵夫各戴氊帽穿喜鵲衣繫腰裙持靈芝仝從上場門上白　根移蓬島雲猶濕斧借吳剛月尚粘恰好遇見三位老翁與衆田家在此我們在多寶山採樵採得異物在此特來請教衆農民白　妙嗄好看好看必是箇祥瑞之兆三位老翁自然曉得是何寶物。三老白呀這是五色靈芝當報知當道奏達天聽以賀昇平祥瑞。衆農民虛白科衆農婦從兩場門分上各作見靈芝喜躍科衆仝唱

仙呂宮正曲　月上海棠

觀瑞芝。叶曾聞漢世甘泉麗。韻三老唱須當忙陳報。讀當道官知。韻合將玆五色靈根。句謹獻上九重丹陛。韻雜扮二牧童各戴草帽圈穿喜鵲衣繫腰裙仝從上場門上唱合齊驚喜。韻見異鳥盤旋。讀羽彩騰輝。韻白好快活。好快活。三老衆農民白牧童你

二八爲何這等歡喜。二收童白　我們在前面放牛。忽見一隻極大的異鳥。身備五色。在那雲端裏飛舞。快請三位老翁。同衆位田家前去觀看。三老白　又有這奇異的事。大家同去看來。衆全作遶場科唱

仙呂宮正曲　玉嬌枝

行來迤邐。韻　去看他是何鳥飛。韻　匆匆轉過溪流際。韻見　半空中光彩神異。韻作到科天井內下鳳凰一對飛舞科衆作仰看科白　妙嗄。好看。此鳥滿身錦麗。光騰五彩。其實好看。三老白　此是鳳凰來儀。衆

農民白　呀原來是鳳凰這也是難見的喓　三老白　鳳凰乃神鳥出則爲太平之瑞皆聖德高深所致　唱　翱翔千仞覽德輝　韻　簫韶奏處文明瑞　韻　天井內起鳳凰科衆作仰看科白　妙喓鳳凰飛舞騰空而去又現霞彩雲軿上有衆仙降臨也　唱合　駕雲旌　讀　翩翻彩霓　韻　仰虛空齊心敬禮　韻　外扮傅相戴紮紅紗帽穿氅帶數珠生扮目連戴僧帽紮五佛冠穿氅帶數珠末扮益利戴紮紅紗帽穿氅帶數珠旦扮劉氏戴鳳冠仙姑巾穿氅帶數

珠旦一扮曹賽英戴鳳冠仙姑巾穿氅帶數珠老旦一扮張鍊師戴僧帽紮五佛冠穿氅帶數珠仝從天井內乘五彩雲車下傳相白　諸位鄉黨可認得我等麽三老白　請問列位仙長高姓大名傳相白　我就是王舍城中的傳相三老白　嗄記得歷代相傳下來說我們這王舍城有箇傳長者一門孝善早登仙府今日幸得降臨實深欣喜衆農民白　我等亦聞得祖上相傳說向年負欠尊府的糧米本利未還反掌一並勾消焚了文券此恩此德

使我等代代子孫感戴不朽（傳相白）我身居勸善太師之位我兒救母昇仙重蒙帝恩命我等遨遊天府陰曹海外仙山今因往西天拜佛路從此過因而暫駐雲軿聊觀桑梓之景今見世際昇平人逢清泰大不似我昔年在塵凡那些光景矣爾等皆爲良善之人何異登仙乎（劉氏等全唱）

仙呂宮正曲 川撥棹

欣相會（韻）喜今朝來故里（韻）享豐年樂歲恬熙（韻）享豐年樂歲恬熙（疊）遍鄉閭人人福綏（韻合）

到今日際清時。叶憶當年轉痛悲。韻一農民白傅善人、可念鄉黨之誼、攜帶我做箇掃花的仙童罷、傅相白諸位但能積善修福、當此太平時節、即是地行仙、何須覓蓬閬、我等去也、傅相等仍乘雲車從天井內上三老白我等將所見嘉祥之事、即當去報知當道、以爲盛世之嘉談、衆農民白正該如此、就請同往、衆仝唱

慶餘

佛慈帝德咸相庇。韻普遍寰區聖澤垂。韻白留此盛事呵、唱好做那億萬千年樂善資。叶仝從下場門下

勸善金科第十本卷下

第二十三齣　觀法會齊登寶地　齊微韻

雜扮八護法神各戴揭諦冠穿門神鎧持杵仝從上場門上唱

中呂宮正曲　尾犯序　善信證菩提。韻極樂閻浮讀合轍同歸。韻只爲因緣讀又去接引提攜。韻白我等衆護法神是也我佛在舍衛城率領諸菩薩衆阿羅漢啓建祝聖佑民吉祥如意道場特命我等接引傅氏一門往觀法會就此前往。唱欣喜。韻好接引琳宮寶殿。句同瞻仰龍華法會。韻合祥雲裏。韻見旛幢飄颺音樂響依稀。韻全從下場門下外扮傅相戴紥紅紗帽穿蟒束玉帶帶數珠生扮目連戴僧帽紥五佛冠穿蟒披袈裟帶數珠末扮益利戴紥紅紗帽穿蟒束玉帶帶數珠旦扮劉氏戴鳳冠仙姑巾穿蟒束玉帶帶數珠旦扮曹賽英戴鳳冠仙姑巾穿蟒束玉帶帶數珠老旦扮張鍊師戴僧帽紥五佛冠穿蟒披袈裟帶數珠全從上場門上唱

又一體

慈悲。韻佛力喜皈依。韻拯拔沉淪。讀脫離輪廻。韻在極樂逍遥。讀一家眷屬追隨。韻白我們深感佛恩、遊觀極樂、目連白塵根巳息色相皆空、曹賽英張錬師白但見莊嚴寶地、具足圓成、不覺心目朗然也、益利白請再往前面遊覽一回、衆仝唱徘徊。韻隱隱見白毫散彩。句八護法神仝從上場門上唱閃閃的黃金鋪地。韻作相見科白我佛在舍衛城、啓建祇聖道場、特命我等前來接引、傳相等白阿彌陀佛、果是佛恩廣大也、傳相白我等正要叩謝佛恩、就煩指引前往、衆全唱合天風細。韻薝蔔香靄拂拂襲人衣。韻全從下場門下雜扮十六喇嘛各戴喇嘛帽穿喇嘛衣全從上場門上白脫離塵垢證無生、識得千江一月明、今日宣揚微妙法、道場嚴肅秉虔誠、我等欽遵佛旨、啓建道場、因此肅恭伺候、道言未了、掌壇大師來也、各分侍科雜扮十吹打法器喇嘛各戴喇嘛帽穿喇嘛衣持法器雜扮四執旛喇嘛各戴喇嘛帽穿喇嘛衣執旛雜扮四捧爐喇嘛各戴喇嘛帽穿喇嘛衣捧爐引雜扮四大喇嘛各戴大喇嘛帽穿大喇嘛衣帶數珠雜扮四執幢旛喇嘛各戴喇嘛帽穿喇嘛衣執幢旛隨從上場門上四大喇嘛唱

正宮集曲 芙蓉紅 玉芙蓉首至合

心蓮吐淥池韻意樹開初地韻列優婆法饌讀龍象光輝韻華嚴大會人天喜韻秘密經文義理微韻衆喇嘛吹打法器各坐誦佛讚科白佛身充滿於法界普現一切衆生前隨緣赴感靡不周而恒處此菩提座如來一一毛孔中一切剎塵諸佛座菩薩

諸會共圍繞演說普賢之勝行如來安處菩提座一毛
示現多刹海一一毛現悉亦然如是普周於法界一一
刹中悉安坐一切刹土皆周徧十方菩薩如雲集莫不
咸來詣道場一切刹土微塵數功德光明菩薩海普在
如來衆會中乃至法界咸充徧法界微塵諸刹土一切
衆中皆出現如是分身智境界普賢行中能建立一切
諸佛衆會中勝智菩薩僉然坐各各聽法生歡喜處處
修行無量劫已入普賢廣大願各各出生衆佛法毘盧

遮那法海中、修行充證如來地、普賢菩薩所開覺、一切如來同讚喜、已護諸佛大神通、法界周流無不徧、一切刹土微塵數、常現身雲悉充滿、普爲衆生放大光、各雨法雨稱其心、四大喇嘛白你看天花散彩、頑石點頭、正是西天第一經壇、佛土無邊法會、道言未了、我佛來觀法事也、內奏樂科雜扮八喇嘛各戴喇嘛帽穿喇嘛衣捧爐雜扮四侍者各戴毘盧帽穿道袍披袈裟帶數珠引淨扮如來佛戴佛臚腦穿蟒襲佛衣從上場門上白

蓮花貝葉因心見慧草禪枝到處生、場上設金蓮寶座

轉場陞座科衆喇嘛作叅拜科如來佛白 今日建此無上莊嚴法會、所謂祝聖裕民、所以親臨法會、衆弟子、須各虔誠持誦者、衆喇嘛吹打法器誦佛讚天井散花科

八護法神引傳相等仝從上場門上唱紅娘子合至末 來迎衛韻早旛幢影移韻 齊合掌壇前跪韻傳相等作見佛叅拜科劉氏白 好箇莊嚴道場也、唱

正宮集曲朱奴剔銀燈朱奴兒首至合 嗚法鼓聲如隱雷韻 諷貝葉

海潮初沸。韻好教我意氣和平心自怡。韻全不似泥犂生畏。韻傳相等唱剔銀鐙 合至末慈悲。韻賴法王指迷。韻這罪福在登時轉移。韻如來佛白目連、虧你一點孝心虔誠救母、今日一家皆成仙眷、此皆你誠心所致、因緣法會、恰遇龍華、諸羅漢、可做。種種法事、令目連一家觀覽、衆喇嘛應科如來佛白爾等可陞至壇前者、傳相等白我佛慈悲、弟子等何幸也、各作陞壇坐科內奏樂科十六喇嘛作舞鈸科如來佛白法事已畢、但佛土無邊、佛法甚廣、護法諸神、可引領目連一家、往前觀覽、俟其遊行已過、再昇天宮、永享逍遙之樂、八護法神白領佛旨、隨引傅相等從下場門下如來佛下座科從下場門下衆喇嘛遶場科亦從下場門下雜扮八雲師各戴雲紮巾穿雲衣執雲旗從兩場門分上雜扮十六雲童各戴線髮穿採蓮衣持綵雲仝從佛門上合舞科中場設雲橋科八護法神引傅相等仝從上場門上唱

正宮集曲　普天紅　普天樂首至四句

恰纔箇辭佛地。韻又同去趨丹陛。

韻享逍遙身在天宮。句除盡了夙孽塵迷。韻雜扮金童戴紫金冠穿氅繫絲縧執旛雜扮玉女戴過梁額仙姑巾穿氅繫絲縧執旛仝從佛門上立雲橋上科白欽奉玉旨、特命傳相等齊赴天宮賜宴、傳相等白聖壽無疆、八護法神白請赴天宮、我等回覆佛旨去也、傳相等白有勞諸位了、唱合見祥雲下垂。韻紅娘子末又接引天宮裏。韻八護法神仝從下場門下傳相劉氏白在上有仁風善政、所以民皆遷善、今得遊遍仙山佛土、逍遙天闕、皆聖皇之德也敬當同爲叩謝、以申感戴之誠、衆仝白正當如此、内奏樂科傳相等作謝恩科金童玉女白就請同上天闕、傳相等仝作上雲橋科唱

中呂宮正曲　剔銀燈

步雲橋霎時迅飛。韻看冉冉身臨空際。韻隨風自覺登天易。韻可正是雲生足底。韻合輕馳。韻瞬息間轉移。韻望天閶又有祥雲四垂。韻作過雲橋科隱從佛門下隨撤雲橋科衆雲師雲童合舞科從兩場門各分下

勸善金科　第十本卷下

第二十四齣

勸善類永奉金科　庚青韻

佛門上換靈霄門匾雜扮馬帥戴荷葉盔紮靠持鎗雜扮趙帥戴黑貂紮靠持鞭雜扮溫帥戴瘟神帽紮靠持猙牙棒金剛圈雜扮劉帥戴八角冠紮靠持刀從昇天門上跳舞科仍從昇天門下內奏樂科馬趙溫劉四帥換蟒束玉帶執笏雜扮三頭六臂四頭八臂千里眼順風耳各戴套頭穿蟒束玉帶執笏雜扮二十八宿各戴

本形像冠穿蟒束玉帶執笏雜扮四天師各戴道冠穿蟒束玉帶執笏雜扮四天官各戴朝冠穿蟒束玉帶執笏雜扮左輔右弼各戴皮弁穿蟒束玉帶執笏雜扮四宮官各戴宮帽穿蟒繫絲縧執符節龍鳳扇雜扮十六宮娥各戴過梁額仙姑巾穿蟒繫絲縧執如意捧爐盤雜扮金童戴紫金冠穿蟒繫絲縧執符節雜扮玉女戴過梁額仙姑巾穿蟒繫絲縧執符節引生扮玉皇大帝戴冕旒穿蟒束珊瑚帶執圭淨扮靈官戴紥巾額紥

龔襲蟒掛赤心忠良牌靴鞭雜扮九曜各戴套頭穿蟒
束玉帶隨從靈霄門上衆仝唱

仙呂入雙角合曲 北新水令 則這九霄紫炁孕清寧。韻 駐紅雲袞龍輝映。韻 坐芙蓉丹闕暎。句 看楊柳玉樓晴。韻 泰運光亨。韻 喜銀霧香中靜。韻 塲上設高臺帳幔桌椅內奏樂科玉皇大帝轉塲陞座衆神各分侍科玉皇大帝白

清平樂 金庭玉晃、帝德同乾健、瑞應河清兼海宴、更樂休徵普遍、深居昊闕靈霄、盤凝瑞靄祥標、天地長春不

老升恒日月光饒吾神九天金闕玉皇上帝是也位尊太上握一元形氣之樞機統御中天掌四大部洲之品彙垂昭昭之象體物不遺運赫赫之靈無爲而化遙觀八表居鎮靈霄正是萬方民物心胸內九有山河掌握中。

雜扮四採訪使者各戴嵌龍幞頭穿蟒束玉帶執笏末扮紫微生扮三台北斗淨扮東嶽外扮梓潼各戴晃旒穿蟒束玉帶執圭仝從上場門上唱

仙呂入雙角合曲　南步步嬌　碧瓦參差祥光迸。韻繚繞濤虛境。

韻

氤氳白玉京。韻萬象壺中。句聿司其柄。韻白來此已到靈霄帝闕、就此肅恭朝賀、各作進門朝見科白臣等恭同叅叩、願上帝聖壽無疆、唱合笏搢更旒凝。韻山呼嵩祝長春聖。韻衆宮官白平身、玉皇大帝白你看熏風叶奏、化日舒長、普天率土、無非慶幸之聲、下際上蟠、皆是慈祥之氣、這等風光、眞覺可愛也、唱

仙呂入雙角合曲 北折桂令●

遍乾坤善氣充盈。韻則見綠醉瓊田。句露裛金莖。韻若不是德沛蒼靈。韻功宣闔里。句化

洽生成。韻 却緣何一處處祥浮碧城。韻 一層層瑞靄蓬
瀛。韻 還有那海屋籌增。韻 海若波平。韻 仙木駢羅。句 仙
樂韶韺。韻 白 爾等諸神各將所司職事並邇來下界太
平景象一一陳奏。三台北斗白 臣三台北斗、東嶽白 臣
東嶽、三台北斗全白 奏聞上帝、衆宮官白 奏來、三台北
斗白 臣職司天帝四時之令照得邇來下界甘露頻降
醴泉屢生和風甘雨海宴河清以致百穀用成萬民時
若理合奏聞。東嶽白 臣居五嶽之長職司人間壽算照

得邇來下界物咸雍熙民皆仁壽因此瑞騰南極光繞
上台合當陳奏三台北斗全唱
仙呂入雙角合曲
南江兒水
萬宇嘉祥事句敷陳上帝庭韻壺
天玉燭金甌定韻雨順風調隨時令韻鼓腹含哺皆眞
性韻更壽域丹霄鶴頂韻合錦繡河山句因此上擊壤
長歌堪聽韻衆宮官白平身三台北斗東嶽白聖壽玉
皇大帝白此乃天瑞地瑞人瑞物瑞無不溱臻眞好歡
幸也唱

仙呂入雙角合曲

北鴈兒落帶得勝令　鴈兒落全

喜的是湛露甘醴泉清韻喜的是雷雨時風雲靜韻喜的是與日月共升恒韻喜的是偕民物齊歡慶韻得勝令全呀格喜的是龜魚篆吐靈明韻躋壽考更康寧韻萬年枝春色非桃杏韻萬壽觴騰騰沆瀣生韻豐登韻望綠野暗溝塍韻盈寧韻樂黃髮是長庚韻樂黃髮是長庚疊紫微白臣紫微梓潼白臣梓潼紫微全白奏聞上帝衆宮官白奏來紫微白臣職掌人間福命照得下界逦來化行俗美講

讓型仁、孝子、順孫、忠貞節烈、所在皆有、和氣致祥、因此福深似海、謹據實指陳、伏惟鑒察、梓潼白臣職司文昌開化、主人間祿籍、照得下界邇來文明日啓、多士思皇因此氣貫斗牛、光聯奎壁、今遵旨披宣、謹將桂籍原由敘明賫奏、以彰右文之治、紫微全唱

仙呂入雙角合曲

南僥僥令　寰區綿福命。韻泰宇耀文明。韻喜逢着聖主福齊文齊運。句合敢道是紫極共奎光兩德星。韻衆宮官白平身、紫微梓潼白聖壽、玉皇大帝白此

乃福源炳蔚文運光昌眞箇熙皥之朝無美不臻也唱

仙呂入雙角合曲 北收江南

呀格聽堦前數奏盡休徵韻原來大如天堯德莫能名韻致嵩生嶽降毓羣英韻忠孝的著聲韻文物又堪稱韻這都是兩間正氣忒鍾靈韻四

採訪使者白臣等採訪使奏聞上帝衆宮官白奏來四

採訪使者白臣職司採訪時勤糾察遍來閻浮衆生同修善果共濟慈航比之唐季朱李搆亂之時世界雖同治亂迥異這都是上帝以生物爲心故爾默運鴻濛幽

贊熙皡也、唱

仙呂入雙角合曲 南園林好

望菩提逍遥共登。韻 諸業趣沉酣頓醒。韻 一箇箇持求恭敬。韻合 修善果結精誠。韻 離塵俗萬緣輕。韻

衆宮官白 平身、四採訪使者白 聖壽、玉皇大帝白 善哉、善哉、聖天子德厚恩深、治隆化洽、以致負生含性、於變時雍、正是百世昇平人樂業、衆仝白 萬年聖壽與天齊、唱

仙呂入雙角合曲 北沽美酒帶太平令 沽美酒全

絳霞標護帝京。韻

絳霞標護帝京韻召天庥啓洞靈韻物茂時和萬瑞呈
韻三台正泰階平韻樂熙皡亨遐齡韻太平令二至末綿玉
律調元金鼎韻芬桂籍光搖斗柄韻崇善行祥和敷映
韻俺呵格端拱在上清韻太清韻一任他資生韻化生
韻呀格輦皇圖無疆叶慶韻內奏樂玉皇大帝下座科
衆仝唱
南慶餘霓旌霧轂簪裾盛韻吹徹鈞天雅頌聲韻億萬
載天上人間祝聖清韻衆擁護玉皇大帝仍從靈霄門

下

勸善金科　第一本　子